ÉTUDE A VOL D'OISEAU

SUR

L'EXPOSITION

FRANCO-ESPAGNOLE

DE BAYONNE

EN 1864

Par M. P. AYMAR-BRESSION

PARIS

AU BUREAU DE L'ACADÉMIE NATIONALE

21, RUE LOUIS-LE-GRAND, 21

1865

ÉTUDE A VOL D'OISEAU

SUR

L'EXPOSITION

FRANCO-ESPAGNOLE

DE BAYONNE

EN 1864

Par M. P. AYMAR-BRESSION

———

EXTRAIT DES PUBLICATIONS MENSUELLES
DE L'ACADÉMIE NATIONALE
AGRICOLE, MANUFACTURIÈRE ET COMMERCIALE

———

PARIS

AU BUREAU DE L'ACADÉMIE NATIONALE
21, RUE LOUIS-LE-GRAND, 21

—

1865

A MONSIEUR ANDRÉ KOECHLIN,

PRÉSIDENT HONORAIRE DE L'ACADÉMIE NATIONALE.

Je prends la liberté, cher monsieur Koechlin, de vous dédier ces quelques humbles pages sur l'Exposition franco-espagnole de Bayonne.

Votre nom n'est-il pas une véritable étoile pour l'industrie française ?

Est-il un progrès sérieux, de notre temps, qui n'ait été signé de ce nom qui respire la virilité, la force, l'intelligence et la sagesse ?

Oui, le nom de Koechlin est une des gloires

de la France, et je m'estime heureux de pouvoir offrir à l'un de ceux qui le portent, avec une dignité si parfaite, ce modeste tribut de de ma respectueuse affection.

AYMAR-BRESSION.

ÉTUDE A VOL D'OISEAU

SUR

L'EXPOSITION FRANCO-ESPAGNOLE

DE BAYONNE

L'idée d'ouvrir, dans une de nos villes fron-
tières, une exposition internationale avec l'Espagne, avait une certaine grandeur.

La France et l'Espagne ont beaucoup à oublier, beaucoup à se pardonner, et tous les
nouveaux points de contact que l'avenir éta-
blira entre elles seront autant de pas faits vers
une alliance intime et fraternelle.

Il ne nous paraît pas que les industriels espagnols aient répondu comme ils devaient le
faire à l'appel de la commission bayonnaise.

N'avaient-ils pas eu un peu lieu de se plaindre des diverses expositions françaises et an-

1

glaises auxquelles ils avaient pris part? c'est
ce que je n'oserais affirmer.

Toujours est-il que la pensée principale de
l'exposition de Bayonne n'a pas été interprétée
par l'Espagne comme nous désirions qu'elle le
fût.

La tiédeur et l'indifférence de l'industrie
espagnole ont donc enlevé au concours bayonnais une grande partie de son intérêt.

Et pour mon compte je me suis vu forcé
d'aller étudier au centre même de l'Espagne
des questions que j'espérais bien pouvoir résoudre au Palais de l'Exposition de Bayonne.

Nos voisins sont défiants! il nous faudra, à
force de bons procédés, les guérir de ce vilain
défaut.

I.

INSTALLATION ET ORGANISATION.

L'exposition internationale franco-espagnole appartient à l'initiative privée.

Nous ne saurions trop encourager ces sortes
de manifestations, car elles prouvent que, sur
tous les points du territoire, les populations
cherchent le progrès par la fusion des intérêts
et la multiplication des contacts.

Aujourd'hui, à l'aide de notre vaste réseau ferré, les relations deviennent faciles ; il n'y a plus de distance, et, en vingt-quatre heures, des masses énormes de marchandises peuvent être transportées aux points extrêmes de l'Empire. Les expositions sont donc présentement chose facile, et nous applaudissons de tout cœur lorsque nous voyons une localité prendre l'initiative d'une semblable mesure.

Mais il y a un revers de la médaille que nous croyons devoir signaler.

Il ne s'agit pas seulement d'avoir de la bonne volonté. Vouloir, c'est pouvoir! a-t-on dit. Ce n'est pas toujours vrai. Un médecin ferait un piètre savetier et un savetier un piètre docteur, en supposant à l'un et à l'autre une dose énorme de bonne volonté.

Or, dans la plupart des expositions provinciales nous avons toujours remarqué que la bonne volonté des organisateurs venait presque toujours se briser devant une certaine inaptitude. — Nous parlons ici de l'inaptitude en fait d'exposition. — D'où il résulte continuellement des choses mal faites, des mesures mal prises, des dépenses d'argent inutiles et des mécontents partout.

Nous demanderons donc, d'abord, s'il ne serait pas possible de procéder, pour les or-

ganisations des expositions régionales, comme
on procède pour les associations financières,
c'est-à-dire, si, une fois l'autorisation d'ouvrir
une exposition accordée, le gouvernement
n'agirait pas sagement en nommant un commissaire spécial chargé de présider, de sur-
veiller, de conseiller, et, au besoin, d'ordon-
ner des mesures compatibles avec le bon ordre, l'économie, la dignité et les intérêts de
tous.

Nous avons, en France, un homme, deux
hommes, dix hommes qui sont essentiellement compétents dans la matière; nous en
désignerons un seul : M. Tresca.

Eh bien, lorsqu'une exposition départe-
mentale serait décidée, ne pourrait-on pas
obliger la commission d'organisation à s'adresser directement à lui, afin que, sous sa haute
direction, un homme compétent dans la matière fût envoyé dans la localité pour procéder à l'installation et à l'organisation de la so-
lennité? On ne verrait plus alors se produire
de ces mesquineries de clocher qui font sou-
rire ceux qui savent ce que doit être une
exposition.

Ce délégué prendrait le titre officiel de
commissaire du gouvernement.

En retraçant ici quelques-unes des particularités de l'exposition bayonnaise, on comprendra, — nous en sommes convaincu, — l'opportunité de notre réclamation.

L'exposition franco-espagnole couvrait, sur les glacis de la ville de Bayonne, une vaste superficie.

La commission d'organisation était composée de treize membres.

Cette commission, formée d'hommes très-honorables, très-capables dans leurs fonctions et leurs emplois respectifs, se trouva cependant fort embarrassée, car elle ignorait le mécanisme d'une exposition, et, certes, la bonne volonté ne lui manquait pas.

Comme parfaite honorabilité la commission présentait donc au public toutes les garanties possibles : aussi fut-elle entourée, dès le début, de la plus entière confiance. Mais, quand elle eut abordé les détails matériels de l'œuvre dont elle assumait la responsabilité, elle s'aperçut qu'elle avait accepté une bien lourde charge.

M. Bertrand fut nommé architecte du palais industriel de Bayonne.

Il s'agissait d'élever un monument à l'effet d'y recevoir les produits des exposants. On s'adressa à M. Godillot, de Paris, et un plan fut remis à cet entrepreneur. Nous ne vou-

lons pas médire de ce plan, mais en vérité
nous ne pouvons pas lui donner notre appro-
bation. Il n'était pas seulement impossible
au point de vue architectural, mais il était
impossible encore au point de vue d'un concours qui se divise par classes de produits
similaires. Tâchons cependant, afin d'en laisser une idée, d'en reproduire les dispositions
principales à l'aide de quelques traits *typographiques*. (Voir page 7.)

Ce palais était en planches; il était recouvert de papier bitumé; la porte principale était
habillée de toiles peintes.

Le plafond intérieur, en toile blanche, ne
s'élevait pas à plus de 5 à 6 mètres. Les jours,
mal ménagés, entretenaient continuellement,
sur certains produits, une obscurité peu avan-
tageuse.

Voilà le palais bayonnais dans toute sa
splendeur, et il n'en a pas moins coûté, nous
assure-t-on, 70,000 francs.

Cette pauvreté d'installation a réagi d'une
manière fâcheuse sur les objets exposés.

Dès le jour d'ouverture, une trombe terrible mit la toiture en danger; l'eau filtrait sur
un grand nombre de points, et certains produits furent sérieusement mouillés. Mais les
exposants étaient alors dans tout l'enthou-

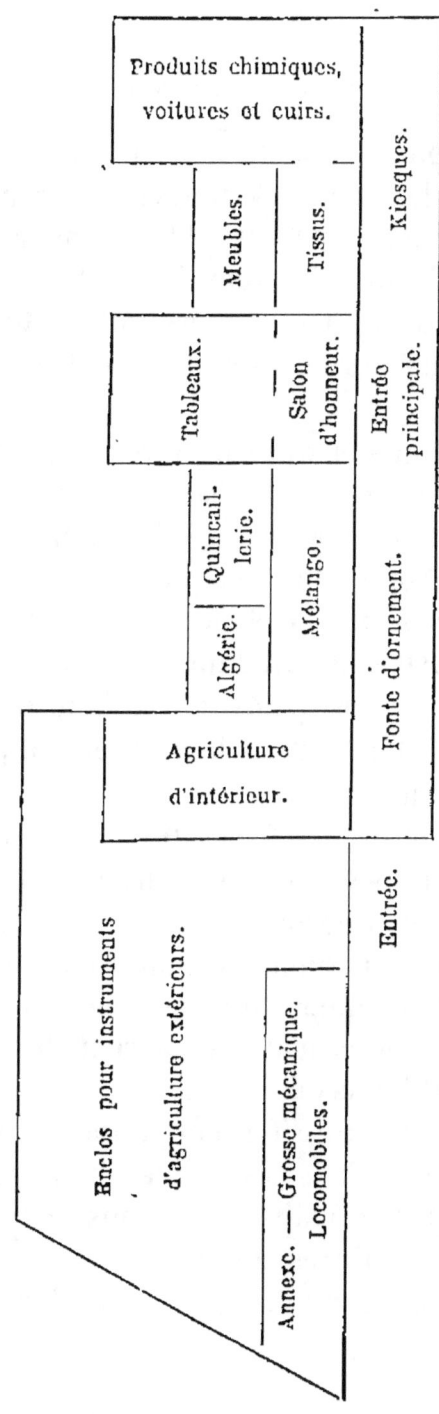

PLAN DE L'EXPOSITION FRANCO-ESPAGNOLE DE BAYONNE.

siasme des bonnes affaires en perspective, et
chacun garda le silence. Seulement, la trombe
passée, l'entrepreneur fut obligé d'aller ra-
masser, dans l'eau et la boue, les couleurs na-
tionales franco-espagnoles, ainsi que les toiles
peintes qui garnissaient les deux extrémités
du palais.

De quinze jours en quinze jours, les mêmes
faits se produisirent; on se promenait en
pleine exposition le parapluie à la main.

Vers le 15 septembre, la porte de l'entrée
principale, ainsi que la planche peinte représentant l'Industrie distribuant des couronnes,
s'écroulèrent à nos pieds au milieu d'une
bourrasque affreuse ; mais heureusement personne ne fut tué.

Du 15 septembre au 3 octobre, ce fut bien
autre chose : tous les produits furent inondés,
les plafonds disparurent dans la tourmente,
des torrents d'eau coulaient majestueusement
sur des vitrines renfermant des produits précieux ; jamais nous n'avons vu rien de plus
piteux, rien de plus déplorable.

Quant à la commission d'organisation, que
pouvait-elle faire dans ces derniers temps, sinon briller par son absence? Tous les éléments étaient conjurés contre elle.

Si maintenant, au lieu de laisser livrés à

eux-mêmes des hommes incompétents dans
ce genre de travail, un commissaire du gouvernement fût venu les guider, fût venu
leur indiquer la manière de s'y prendre, la
dignité de l'exposition et la responsabilité
morale de la commission d'organisation eussent été sauvegardées, et les exposants ne se
fussent pas trouvés dans la nécessité de supporter des pertes qui, en fin de compte,
n'ont profité à personne.

Nous n'avons pas encore tout dit.

La disposition et la distribution des produits, par un homme au courant de ces sortes
de travaux, est une chose excessivement simple. Il suffit de connaître l'emplacement dont
on peut disposer et d'en faire un plan à une
échelle donnée; il suffit, en outre, de connai-
tre le nombre exact des exposants et l'espace
qui leur a été concédé. Ceci fait dans le silence du cabinet, il ne s'agit plus que de
commettre *un homme de peine intelligent*
chargé d'indiquer aux exposants leur emplacement et de veiller à ce que A n'empiète pas
sur B, ni Y sur Z.

Cinq membres de la commission se dé-
vouèrent corps et âme. Ces cinq messieurs
s'étaient d'abord partagé la besogne; mais,
effrayés bientôt du nombre de caisses et

1.

des demandes qui pleuvaient sur eux, ils
ne tardèrent pas à perdre patience. Après une
lutte acharnée qui dura dix jours au moins,
les quatre premiers organisateurs crurent
devoir se retirer, et le cinquième resta seul
sur le champ de bataille.

La tâche de cet honorable membre, qui
ne recula pas devant le rôle de Bouc Émis-
saire, fut très-difficile et très-rude, et il s'en
tira aussi bien qu'il le pût.

Mais tout ceci n'est-il pas fâcheux au dernier
point, et n'avons-nous pas raison lorsque
nous venons demander avec instance qu'il
soit adjoint à chaque commission d'exposition
un commissaire officiel, sachant organisér de
semblables solennités, sachant donner un cours
régulier à l'activité et au dévouement des
hommes honorables qui se dévouent toujours
en pareil cas ?

S. E. M. Béhic, ministre de l'agriculture,
du commerce et des travaux publics, dont la
haute intelligence, la remarquable activité et
le tact parfait, ont fait leurs preuves, jugera
sans doute à propos d'exercer, dans l'avenir,
sa puissante et bienfaisante influence sur les
futures expositions départementales. Leur
succès est assuré à ce prix.

L'intervention ministérielle, en préservant

les commissions d'organisation de tous écarts, leur assurera une action plus énergique et plus profitable aux intérêts des exposants.

II.

STATISTIQUE

DE L'EXPOSITION FRANCO-ESPAGNOLE.

L'exposition franco-espagnole se divisait en deux sections : l'agriculture et l'industrie.

L'agriculture comprenait les instruments et produits agricoles français, représentés par 158 exposants ; les produits et instruments espagnols, représentés par 105 exposants, et les produits algériens, représentés par 440 exposants.

L'industrie était divisée ainsi qu'il suit :

1ʳᵉ CLASSE. — BEAUX-ARTS INDUSTRIELS.

1ʳᵉ *Section.* — Orfévrerie artistique.
2ᵉ   —   — Horlogerie.
3ᵉ   —   — Bijouterie, joaillerie.

4ᵉ *Section*. — Optique, instruments de précision.

5ᵉ — — Poterie artistique.

6ᵉ — — Bronzes et objets divers.

2ᵉ CLASSE. — INSTRUMENTS DE MUSIQUE.

1ʳᵉ *Section*. — Instruments à vent.

2ᵉ — — Instruments à clavier.

3ᵉ — — Instruments à cordes.

3ᵉ CLASSE. — PAPETERIE, IMPRIMERIE, RELIURE, LIBRAIRIE.

1ʳᵉ *Section*. — Papeterie.

2ᵉ — — Imprimerie.

3ᵉ — — Reliure.

4ᵉ — — Librairie.

4ᵉ CLASSE. — AMEUBLEMENTS, DÉCORATIONS.

1ʳᵉ *Section*. — Ébénisterie, tabletterie, meubles, bois sculptés, glaces, dorures.

2ᵉ — — Tentures, tapisserie, papiers peints.

3ᵉ — — Bimbeloterie, brosserie, articles de fantaisie.

4ᵉ — — Literie.

5e CLASSE. — TISSUS ET ARTICLES DE VÊTEMENTS.

1re *Section*. — Matières premières préparées, cordages.

2e — — Tissus et châles.

3e — — Modes, bonneterie, broderies, dentelles, lingerie, toilerie.

4e — — Vêtements confectionnés et articles divers.

5e — — Gants, chapellerie, fourrures, chaussures.

6e CLASSE. — INDUSTRIE DES MÉTAUX ET MINES.

1re *Section*. — Minerais.

2e — — Cuivre, fer, fontes, moulages, tôles et aciers.

3e — — Coutellerie, quincaillerie, serrurerie, outils.

4e — — Appareils pour le chauffage et l'éclairage.

5e — — Armes.

7e CLASSE. — MÉCANIQUE.

1re *Section*. — Appareils de mesurage et pesage employés dans l'industrie.

2e *Section*. — Machines à vapeur.

3e — — Machines hydrauliques et ventilateurs.

4e — — Carrosserie et matériel de chemins de fer.

5e — — Machines diverses.

6e — — Meules.

8e CLASSE. — MÉDECINE, HISTOIRE NATURELLE, ENSEIGNEMENT, SCIENCES.

1re *Section*. — Pharmacie et médecine.

2e — — Chirurgie.

3e — — Histoire naturelle.

4e — — Enseignement, sciences physiques, géographie, calcul.

9e CLASSE. — ARTS CHIMIQUES.

1re *Section*. — Produits chimiques, sels.

2e — — Corps gras, savons, parfumerie.

3e — — Résine et ses dérivés.

4e — — Couleurs, encres, cirages, vernis.

5e — — Cuirs et peaux.

6e — — Verrerie, faïence, porcelaine.

10ᵉ CLASSE. — CONSERVES ALIMENTAIRES.

1ʳᵉ *Section*. — Conserves et condiments.
2ᵉ   —   — Confiserie, liqueurs, choco-
               lat, café.
3ᵉ   —   — Appareils et matières pour la
               préparation des substances
               alimentaires.

11ᵉ CLASSE. — INDUSTRIE DES BATIMENTS.

1ʳᵉ *Section*. — Matériaux de construction.
2ᵉ   —   — Arts divers se rattachant aux
               constructions.
3ᵉ   —   — Marbrerie.

Ces onze classes renfermaient 1,052 exposants.

Nous n'établirons pas de comparaison entre
les expositions universelles ou régionales françaises et l'exposition française de Bayonne,
mais, au point de vue de l'Espagne, quelques
chiffres nous semblent ici nécessaires.

L'Espagne ne compte que quelques petites
expositions locales qui n'ont eu aucun reten-
tissement. Elle n'a fait sérieusement acte de
présence sur la scène industrielle qu'en 1855,

à Paris, où elle fut représentée par 600 exposants, et, en 1862, à Londres, où elle comptait 1,133 exposants.

Cette progression était de bon augure.

Bayonne, à la porte de l'Espagne, avait été admirablement choisie pour permettre à l'industrie espagnole de se produire, car Bayonne, c'est un peu l'Espagne, surtout maintenant avec le chemin de fer *del Norte*.

Aussi la plus excellente idée de la commission d'organisation est, suivant nous, d'avoir voulu faire une exposition franco-espagnole, et, disons-le, ce titre seul devait assurer le succès de la chose, au moins du côté de la France.

On s'imaginait, avec raison, que toutes les provinces de la péninsule feraient acte de présence ; on croyait que tous les hommes d'intelligence ne manqueraient pas de visiter une exposition quasi-nationale. Or, qui le croirait? l'Espagne industrielle n'a rien envoyé, l'Espagne intelligente a brillé par son absence.

A Paris, en 1855, 600 exposants; à Londres, en 1862, 1,133 exposants. A Bayonne, à leur porte !... les Espagnols ont compté 105 exposants dans la section de l'agriculture et 95 exposants dans la section de l'industrie. C'est presque un suicide.

Voici maintenant comment se répartissent ces 95 industriels :

		Exposants.
1re *Classe.* —	Beaux-arts industriels.	1
2e —	— Instruments de musique	2
3e —	— Papeterie, imprimerie, reliure, librairie. . .	3
4e —	— Ameublements, décorations.	6
5e —	— Tissus et articles de vêtements.	23
6e —	— Industrie des métaux et mines.	16
7e —	— Mécanique.	7
8e —	— Médecine, histoire naturelle , enseignement, sciences . . .	»
9e —	— Arts chimiques	21
10e —	— Conserves alimentaires	16
11e —	— Industrie du bâtiment.	»
	Total. . . .	95

III.

COUP D'OEIL RÉTROSPECTIF

SUR L'ÉTAT DE L'INDUSTRIE EN ESPAGNE.

Nous écrivions en 1855, au sujet de l'exposition universelle, que nous souhaitions et que nous espérions le prochain réveil de la nation espagnole. Par l'examen de la statistique qui précède on serait réellement tenté de croire que ce réveil est encore bien loin de nous.

J'en arrive donc, de cette terre d'Espagne ! Quel pays fatigué ! L'or du nouveau monde a tout d'abord gâté sa riche nature ; son fanatisme l'a maintenu dans un désastreux immobilisme, et le rôle de domination que lui ont fait jouer Charles-Quint et Philippe II semble avoir réagi sur son engourdissement et son indolence actuels.

Une seule chose doit sauver l'Espagne, doit présider à son affranchissement, ce sont les chemins de fer.

Par l'augmentation des relations, par la multiplicité des contacts, l'Espagne, nous en sommes convaincu, parviendra, dans un temps auquel nous ne saurions assigner de

limite, à conquérir sa place au grand banquet
de l'industrie et arrivera à une restauration
libérale, car elle possède tous les éléments
pour marcher de pair avec les autres peuples;
seulement elle ne sait pas encore les mettre
en œuvre.

En général, l'Espagnol manque souvent
d'énergie, ou plutôt son énergie est subordon-
née, elle n'est pas constante, elle n'a pas de
durée, et lorsqu'un bon mouvement se produit, il est outré et sans mesure, et il cesse
aussi spontanément qu'il a pris naissance.
Nous savons bien, et ceci est une conséquence
de la force des choses, que les idées du siècle
s'infiltrent partout et que les sommets pyré-
néens ne sauraient être un obstacle à l'en-
vahissement du progrès; mais ces idées, qui
aujourd'hui franchissent la distance de Paris
à Madrid en trente-cinq heures, sont inces-
samment repoussées ou frappées de stérilité
par le *statu quo* qui préside à tous les actes de
la population des Espagnes.

La péninsule ibérique compte 15 millions d'habitants; dans ce chiffre les colonies
espagnoles sont comprises pour 3,932,611 in-
dividus. Si nous jetons un regard rétrospectif
sur les forces vives de la nation, nous trouvons qu'en 1799 l'Espagne ne comptait que

10,541,000 âmes; en 1833, 12,087,000; en 1842, 11,715,000; si bien qu'au point de vue de la population, de la force vive, comme nous le disions tout à l'heure, il y a progrès.

La nation possède des colonies en Amérique, en Asie et aux terres australes, et en Afrique. Il nous semble curieux, en envisageant la question sous le rapport de la statistique, de donner ici le dénombrement de la population de ces différentes possessions, dénombrement qui se rapporte exactement au chiffre cité plus haut :

AMÉRIQUE.

Ile de Cuba............	945,440	
Ile de Porto-Rico........	288,000	1,236,040 habitants.
Les vierges espagnoles.....	2,600	

ASIE ET TERRES AUSTRALES.

Partie de Manille..........	1,822,200	
Bisayas.................	803,000	
Iles Baschées et Babuyanes..	5,000	2,679,500 habitants.
Partie de Magindanao.......	43,800	
Iles Mariannes............	5,500	

AFRIQUE.

Présides................	11,481	
Iles de Guinée...........	5,590	17,071 habitants.

Total général... 3,932,611 habitants.

La superficie du pays, y compris les iles

Baléares et les Canaries, est de 473,343 kilomètres carrés.

L'Espagne est riche en matières premières et surtout en mines; la production forestière est considérable, et la production purement agricole pourrait être énorme, si cette production n'était pas entravée par la nonchalance des habitants. Favorisée par un climat exceptionnel, l'Espagne produit d'excellents vins qui, bien que souvent antipathiques à nos palais et à nos estomacs français, qui, dès notre enfance, ont appris à aimer le généreux bourgogne, le parfumé bordeaux et le pétillant champagne, n'en possèdent pas moins de précieuses qualités, malgré la répulsion involontaire que nos gourmets éprouvent généralement pour tous les vins de l'extrême Sud [1].

Les fruits sont abondants; mais, hors la figue

---

1. Je ne me laisse pas entraîner ici par mon expérience personnelle, car sans cela je proclamerais les vins d'Espagne affreusement échauffants. — Ces vins noirs et chargés n'ont même pas le mérite de supporter l'eau. — Le mélange de vin et d'eau est d'une platitude déplorable. — A tous les Français qui se rendront à Madrid je dirai · Défiez-vous du vin. — Buvez de l'eau, et toujours de l'eau. — S'ils n'écoutent pas ce conseil d'abord, ils seront bien vite forcés de le suivre par la force des choses.

et l'amande, ils laissent à désirer comme saveur. Le jus du raisin est un vrai nectar de douceur, mais la peau du grain est dure. Quant aux fruits à pepins et à noyaux, ils ne pourront jamais entrer en parallèle avec les nôtres et surtout avec les productions horticoles des environs de Paris.

Que manque-t-il donc à l'Espagne? nous direz-vous. Il lui manque des bras intelligents, des bras forts et robustes; il lui manque la mécanique, qui est aujourd'hui le premier ouvrier des ateliers européens; il lui manque l'œuvre industrielle; si bien que ce pays est tributaire, pour la majeure partie de sa consommation, de la France et de l'Angleterre.

Et quelle consommation, grand Dieu! Si nous en exceptons l'aristocratie financière et si nous descendons dans les rangs infimes de la société, nous y trouvons des choses étranges : une nourriture dont nos bestiaux ne voudraient pas!

L'Espagne fournit du vin en abondance, et le travailleur ne boit que de l'eau. Le pain de maïs est la base de sa nourriture, des piments et des pois chiches en sont le complément; les fruits seuls sont la partie essentielle et luxueuse de l'alimentation générale.

On nous dira que nous avons en France des

populations qui ne consomment en guise de pain que de la châtaigne, et qui ne mangent de froment qu'à deux ou trois époques de l'année. Cela est vrai! mais la châtaigne est un fruit nourrissant et agréable, et la châtaigne n'empêche pas le montagnard du Gard et de la Lozère de manger des légumes, du lard, et de se désaltérer avec du cidre de prunelle ou de corme, sans préjudice du vin qu'il boit tous les dimanches au village, quand il n'en boit pas chez lui.

Revenons à la production espagnole et tâchons d'en faire l'inventaire.

L'Espagne extrait annuellement de ses mines 46,577 kilogrammes d'argent qui représentent une valeur de 10,340,094 francs.

Elle produit en moyenne 20 kilogrammes d'or d'une valeur de 68,880 francs.

Elle produit du fer, du cuivre, du plomb et du mercure.

Elle exporte, année moyenne, par Cadix, 1,387,000 francs de sel, 170,212 hectolitres de vin, soit une valeur d'environ 32 millions de francs; elle exporte également des froments, des garances et des fruits.

Il n'en est pas de même du coton, plante textile dont la culture serait si facile, et avec laquelle on fabrique des tissus, et qui, au point

de vue de la consommation, est une conséquence du climat même. Malgré cela l'Espagne
ne produit, pour sa population de 15 millions
d'habitants, que 10 millions de kilogrammes
de matières premières, si bien que l'Angleterre
et la France sont obligées de lui fournir le
reste.

Les laines sont en pleine décadence. Avec
le mérinos espagnol, la France a régénéré ses
troupeaux ; possédant le mouton mérinos,
l'Espagne n'a su aboutir qu'à une stérilité déplorable de production.

L'industrie de la soie n'a même pas l'importance qu'elle devrait avoir.

C'est ici le cas de dire avec la chanson :

> C'est un péché que la paresse ;
> Pour le bien de l'humaine espèce
> Mes amis, travaillons sans cesse :
> C'est pour ça que Dieu nous créa.

La statistique du commerce espagnol que
nous possédons n'est pas postérieure à 1852 ;
elle nous donne sur le commerce général des
Espagnes les chiffres suivants :

319,992,000 francs qui se décomposent en :
185,665,000 fr. d'importations.
134,327,000 fr. d'exportations.

Total égal...   319,992,000 fr.

A l'occasion de l'exposition franco-espagnole, il nous semble intéressant de dire tout
ce que nous savons sur l'Espagne; car généralement on ignore en Europe les ressources
dont ce pays peut disposer.

Les deux plus importantes colonies espagnoles sont Cuba et Porto-Rico.

Cuba comprend une superficie dont la cinquième partie n'est pas encore cultivée. On y
compte 500,000 blancs.

En 1852, il y avait à Cuba 1,442 sucreries,
25,292 fermes, 9,102 exploitations de tabac,
5,542 métairies, 1,670 caféeiries, 69 fermes à
cacao, 14 fermes à coton, 1,734 fabriques rurales, telles que tuileries, chauleries, tanneries
et distilleries.

Il existait à cette époque dans l'île 86 mines
de cuivre, 7 de pétrole, 4 d'argent et 15 de
fer et de houille.

En fait de bétail, on comptait 1.027,313 bœufs
et 244,727 chevaux et mules.

Les productions territoriales étaient alors
de 323 millions.

La production du sucre s'élevait à 282 millions de kilogrammes;

La production de la mélasse s'élevait à
100 millions de kilogrammes;

2

La production du café s'élevait à 8,500,000 kilogrammes;

La production du tabac s'élevait à 4,500,000 kilogrammes.

Ne sont pas compris dans ce dernier chiffre les envois de 181,616,000 cigares et 1,847,000 boîtes de cigarettes.

Voici comment se répartissaient, en 1852, les exportations : 30,000 tonnes de minerai de cuivre, 3 millions de francs de bois de campêche, de cèdre et d'acajou, 60,000 hectolitres de rhum ; si l'on ajoute à cela le sucre, le café et le tabac, on arrive à un chiffre de 309 millions de francs.

Chose curieuse à constater, c'est que l'Espagne proprement dite entre pour un très-faible minimum dans les chiffres d'exportation de l'île de Cuba : ce sont les États-Unis qui marchent en première ligne; viennent ensuite, selon leur importance, l'Angleterre et la France.

Cette proportion varie à Porto-Rico : c'est ainsi que, pour les huit premiers mois de l'année 1855, sur 41,024,000 kilogrammes de sucre :

20,866,000 ont été expédiés aux États-Unis;

12,316,000 ont été expédiés en Angleterre;

4,094,000 ont été expédiés dans l'Amérique anglaise ;

2,125,000 ont été expédiés en France ;

Que sur 5,703,000 kilogrammes de café :

2,107,000 ont été expédiés à l'Angleterre ;

1,079,000 ont été expédiés en Espagne ;

553,000 ont été expédiés aux États-Unis ;

335,000 ont été expédiés en France.

Sur 158,000 kilogrammes de cuirs, 136,000 ont été expédiés à l'Espagne !

Nous le répéterons donc à satiété, l'Espagne possède de sérieux éléments pour suivre avec succès tous les progrès de notre époque industrielle ; malheureusement elle ne sait pas profiter de ses moyens, elle ne sait pas tirer parti de tout ce que la Providence lui a donné en partage ; ceci est d'autant plus fâcheux, qu'il serait facile de la faire sortir de cette torpeur.

Lorsqu'on annonça pour la première fois qu'une exposition franco-espagnole allait avoir lieu à Bayonne, nous acclamâmes de toutes nos forces cette idée, car nous pensions et nous pensons encore que du choc des rivalités doivent presque toujours sortir d'utiles enseignements; il n'en a rien été, puisque l'initiative privée des industriels espagnols a fait complétement défaut.

Une raison devait, ce nous semble, engager
l'Espagne à mieux faire; car, dès le principe,
la visite de son souverain avait été officiellement annoncée, et c'était une excellente occasion pour elle de montrer au roi combien
l'alliance de deux peuples intelligents est capable de créer de grandes choses, et en même
temps de définir pratiquement la somme des
résultats qu'il est permis d'obtenir par la fusion des intérêts matériels.

Ces considérations n'ont servi à rien : l'Espagne a eu peur d'être battue par la France, et
prudemment l'Espagne s'est récusée.

Mais, si les classes laborieuses ont fui devant
la suprématie de la France industrielle, dans
les régions gouvernementales il n'en a pas
été de même. C'est ainsi que Son Excellence
espagnole, M. le ministre de l'intérieur, a
nommé une commission à l'effet de visiter
l'exposition franco-espagnole de Bayonne et
de lui faire un rapport complet et détaillé sur
l'industrie française, afin sans doute de pro-
voquer ultérieurement l'établissement d'industries similaires en Espagne.

Comme cette commission ne saurait être
une lettre morte, comme elle est pour l'industrie française une garantie du bon vouloir du
gouvernement espagnol, comme tous les ex-

posants ont fait leurs efforts pour éclairer
MM. les commissaires, comme ceux-ci leur
ont rendu publiquement justice sur la valeur
de leurs produits et sur la complaisance qu'ils
ont mise à leur fournir des renseignements,
nous croyons devoir donner, en terminant ce
chapitre, le nom des hommes honorables
chargés de présenter au gouvernement espagnol un rapport spécial.

Voici ces noms :

MM. Illmo Braulio Anton. Ramirez, chef du
bureau d'agriculture, conseiller d'agriculture,
d'industrie et du commerce, commandeur
de l'ordre royal de Charles III, président;
Ignacio Sanchez Solis, professeur de mécanique de l'Institut royal industriel de
Madrid; Marriano Borell, professeur de l'Institut royal industriel de Madrid; Eugenio Gara-
garza, directeur de l'École pratique d'agriculture de la province d'Alava; Miguel Rodriguez
Ferrer, chef d'administration, magistrat et
propriétaire; Miguel Maisterra, professeur de
chimie de l'Institut royal industriel de Madrid;
Augusto de Burgos, rédacteur du Bulletin officiel du ministère de *Fomento*.

2.

IV. -

L'AGRICULTURE FRANÇAISE

A L'EXPOSITION FRANCO-ESPAGNOLE DE BAYONNE.

L'agriculture française, à l'exposition franco-espagnole, brillait par ses nombreux outils, appareils et instruments aratoires, mais elle était excessivement pauvre au point de vue des produits provenant directement du sol.

En effet, sur 714 numéros composant cette partie du catalogue, 464 représentaient des instruments et machines agricoles, et 250 des produits.

Les produits se subdivisaient en différents groupes : les vins comprenaient 32 exposants ; les engrais, 9 ; les fruits et légumes, 8 ; les céréales, 7 ; les plantes textiles, 6 ; les huiles, 5 ; les farines, 3 ; les substances anti-oïdiques, 3 ; les produits forestiers, 3 ; les cocons de vers à soie, 2 ; les plantes oléagineuses, 1, et les plantes aromatiques, 1 ; soit, en totalité, 82 exposants.

A Bayonne, dans un pays qui touche de si près aux beaux vignobles du Bordelais ; qui, depuis que les chemins de fer existent, ne se trouve plus qu'à quelques heures des clos vinicoles du Midi, il nous semble qu'il était possible de mieux faire et d'avoir, sans grands efforts, une plus grandiose exposition.

Eh bien, la plupart des exhibitions vinicoles étaient mesquines : c'est ainsi que la majeure partie des exposants n'avaient envoyé que deux, quatre ou six bouteilles de vin. Les beaux lots n'étaient que des exceptions. Cependant on doit féliciter l'Union agricole de Dijon d'avoir fait acte de présence avec un petit bagage à l'exposition bayonnaise.

Les exposants d'engrais artificiels étaient relativement nombreux ; mais comment juger ces sortes de produits ? Comment donner son opinion sur une poudre plus ou moins odorante, enfermée dans un petit flacon ? Est-ce à l'odeur profondément ammoniacale qu'elle répand ? Ce serait une erreur, car les engrais qui contiennent le plus de phosphate sont ceux qui répandent le moins d'odeur.

Les groupes comprenant les fruits et légumes, les céréales, les substances antioïdiques, les produits forestiers, les fourrages, les cocons, les plantes oléagineuses et les plantes aromatiques, étaient d'une insigni-

fiance déplorable. Nous en excepterons cependant les sections des plantes textiles, des
huiles et des farines, dont quelques spécimens
représentaient des types réellement intéres-
sants.

Que dire maintenant des 464 numéros exposés par les 70 fabricants d'instruments aratoires? La réponse nous paraît difficile, et cela
d'autant plus que nous nous sommes, en
principe, posé un programme qui nous oblige
à sortir des lieux communs et des sentiers
battus.

Il y avait à Bayonne d'inscrites, sous le même
titre et sous différents numéros, plus de 200
charrues. On nous demandera peut-être quelle
est celle qui nous a paru préférable? A une
semblable question nous pourrions répondre :
Consultez la commission bayonnaise. Elle a
donné la médaille d'or à un constructeur de
Maine-et-Loire, pour une charrue Brabant
double qui se trouve chez tous les constructeurs d'instruments aratoires français ; elle a
donné la médaille d'or à un fabricant des
Landes pour une charrue tourne-oreille impossible, et une médaille d'argent au même
pour le même instrument, sous prétexte sans
doute que ce qui abonde ne nuit pas ; elle a
donné une médaille d'argent à un construc-

teur espagnol pour une charrue qui n'a pas concouru; elle a aussi donné une médaille d'argent à la charrue Howard; elle a enfin donné une médaille de bronze à une charrue qui s'est brisée comme du verre à la première traction des bœufs qui la conduisaient ou du moins qui devaient la conduire; quant aux autres récompenses pour le même objet, nous ne saurions les mentionner, car elles sont trop opposées à notre manière de voir.

Voici maintenant notre avis, que nous maintiendrons fermement jusqu'à ce qu'on nous prouve que nous avons tort.

Aujourd'hui la mécanique est arrivée à un tel degré de perfection, et la pratique, c'est-à-dire l'emploi des instruments, a tellement été étudiée, qu'on est parvenu à faire des outils réellement irréprochables; la charrue est particulièrement du nombre. Si bien que, rapprochant des types intelligents les 200 charrues qui figuraient à Bayonne, nous n'en voyons que quatre dignes d'être citées, savoir : la charrue Howard, la charrue Brabant double, la charrue Josso et la charrue Vigneronne de la Gironde. Et quoique ne faisant pas partie du concours bayonnais, nous ajouterons à cette nomenclature les charrues Parquin et Harmelin. En dehors de ces six instruments et de ceux que nous avons fait connaître dans les précédentes publications de l'*Académie nationale,* il faut tirer le rideau et passer l'éponge sur le reste, car pour nous ces six types sont susceptibles d'être appliqués à tous les sols européens; nous disons ces six types, car nous ne croyons pas encore à une charrue universelle, c'est-à-dire capable de pouvoir être utilisée dans toutes les terres.

Mais comme en agriculture tout est relatif, nous ajouterons : « Que ceux qui ont une bonne charrue locale la conservent; mais si dans un temps donné ils s'aperçoivent de son insuffisance, qu'ils la changent franchement pour une des six charrues que nous venons de nommer. »

A Bayonne, il faut bien le dire, les charrues désignées pour concourir ont été placées dans un terrain en friche qui ne donne naissance qu'à deux terribles graminées dont les racines s'anastomosent de manière à rendre le passage de la charrue impossible : ces deux graminées sont le *Cynodon dactylon,* Rich., ou pied-de-poule, et l'*Agrostis stolonifera,* L., ou *Agrostis traçante.* Ce terrain est recouvert deux fois par jour par les eaux salées de l'Adour, qui y débordent à chaque marée. Aussi les concurrents ont-ils été forcés d'attendre le re-

trait de l'*onde amère* pour commencer leurs
opérations. Le seul instrument Howard, représenté par M. Ganneron, de Paris, a pu fa-
çonner une planche, la rouler, la herser, la
scarifier, et, le soir, les semoirs exécutaient
leur manœuvre sur cette bienheureuse planche dont le sol n'avait peut-être pas vu le
jour depuis quatre-vingts ans.

En fait de scarificateur, nous recommanderons le scarificateur-extirpateur écossais et le
scarificateur Bataille perfectionné. Nous recommanderons également la herse accomplie
d'Howard, le rouleau Croskill dit brise-mottes,
et le rouleau articulé à cylindre uni.

Une fois le sol labouré, roulé, scarifié, hersé,
il faut l'ensemencer, et la mécanique a encore
doté l'agriculture d'excellents semoirs.

La commission bayonnaise, qui s'est laissé
entraîner à plusieurs erreurs, selon nous, a décerné à un constructeur de Rouen la médaille
d'or pour son semoir. Quant à nous, tant que
nous n'en trouverons pas un supérieur à celui
du vénérable M. Crespel-Dellisse, soit par sa
simplicité, soit par son bon marché et son
facile maniement, nous donnerons toujours
la préférence à ce dernier ou à celui de M. Jacquet-Robillard, qui nous semble parfait.

En fait d'instruments d'entretien, et sous ce

titre nous désignons les houes à cheval, les
bineuses et les buttoirs, il n'y avait rien à
Bayonne digne d'être signalé, en dehors de ce
que nous connaissons déjà.

Quant aux instruments de récolte, la question devient plus complexe.

Pour nous, la moissonneuse-faucheuse mécanique n'existe pas encore ; c'est un enfant
qui fait ses dents, mais qui malgré tout est
appelé à faire son chemin ; seulement la mécanique n'a pas dit son dernier mot sur cet
utile, nous dirons mieux, sur cet indispen-
sable instrument. Nous n'apprécierons pas les
décisions de la commission bayonnaise à
l'égard des moissonneuses-faucheuses, puisqu'elle a décerné des récompenses à des constructeurs qui n'ont pas exposé.

Pour nous, les faneuses sont arrivées à la
perfection, et sauf à être accusé de ne pas
marcher avec le progrès, nous préférons, quant
à présent, les faneuses à simple effet aux faneuses à double effet, parce que ces dernières
sont trop lourdes, parce qu'elles sont encore
trop compliquées pour que le forgeron cam-
pagnard puisse les réparer en conscience, .
parce qu'enfin elles sont meilleur marché et
qu'elles exécutent le travail avec la même
perfection. A Bayonne, les faneuses ont fait

merveille dans tous les champs d'épreuve, et
la faneuse à simple effet a dignement rivalisé
avec celle à double effet.

Le râteau à cheval est un bon instrument,
qui réclame cependant encore quelques améliorations; il n'est pas assez automatique. Disons néanmoins que, tel qu'il est, il rend d'excellents services, comme du reste on l'a
parfaitement démontré dans les différents
concours qui ont eu lieu à Bayonne.

Nous voici arrivé à la classe la plus considérable des instruments aratoires, nous voulons parler des outils destinés à la manuten-
tion et à l'emploi des produits.

Ici nous nous contenterons de désigner ceux
qui dans chaque section nous ont paru préfé-
rables. Nous agirons, dans ce cas, absolument
comme si nous avions été envoyé à l'exposition franco-espagnole pour monter un matériel de ferme, sans nous préoccuper des instruments perfectionnés qui existent en dehors de
ceux qui avaient été amenés à Bayonne.

En fait de machines à battre nous aurions
choisi celle de M. Gérard, de Vierzon, qui en
effet a obtenu la médaille d'or.

Comme manége, nous aurions pris celui de
M. Pinet ou celui de M. Bodin exposé par la
maison Gannerou, ou plutôt nous aurions

changé de système, car aujourd'hui que nous possédons la locomobile, il nous semble plus rationnel, lorsque la chose est possible, de nous servir de vapeur que d'employer des chevaux. La locomobile Renaud nous paraît être un excellent moteur; nous reviendrons du reste sur cette question lors de l'examen de la septième classe.

Les tarares étaient nombreux à Bayonne. Aujourd'hui le tarare est un instrument qui a pour ainsi dire fait son temps, depuis surtout que la machine à battre vanne le grain et le nettoye.

Le trieur Pernollet occupe toujours une des premières places, et c'est justice.

Les égrenoirs à maïs sont très-intelligemment construits, seulement tous nous paraissent bien bon marché pour avoir toute la solidité désirable. Puis, lors d'un travail assidu, presque tous laissent des grains autour de l'épi. Enfin un bon égrenoir doit égrener de 30 à 40 hectolitres de grains par jour, sinon les cultivateurs de maïs préfèrent à tort ou à raison les bras des ouvriers.

Nous nous plaisons toujours à reconnaître la supériorité du laveur de racines Croskill, du coupe-racines horizontal, du dépulpeur Gardener, du hache-paille à contre-poids Ransomes, du concasseur de grains de Bidell, de l'aplatisseur Gardener, du cuit-légumes Clamageran et de la baratte Fouju.

Tels sont, à vol d'oiseau, les différents instruments que nous avons remarqués à Bayonne ; tels sont ceux qui ont réellement fixé notre attention, et, comme on peut en juger, ils forment une bien petite fraction des 464 machines agricoles qui figuraient à l'exposition franco-espagnole.

Un mot en terminant ce quatrième chapitre.

Les fabricants d'instruments aratoires ont, suivant nous, un grave défaut, c'est de *maquignonner* les instruments les plus ingénieux afin de se les approprier, ou bien de rendre complexe l'instrument le plus simple, ou bien enfin de simplifier quand même un instrument parfait. Il n'y a peut-être pas au monde un homme plus ami du progrès que nous, puisque nous faisons métier d'aller le chercher quand il ne vient pas à nous, mais nous ne saurions admettre sans réflexion ce parti pris de faire du nouveau quand même, avec les matériaux de monuments qui ne demandent qu'à rester debout.

Nous mettons en fait que si un homme, en dehors de toute préoccupation personnelle, faisait une monographie des instruments ara-

toires, il mettrait à découvert une quantité
considérable de plagiats mécaniques. Ceci est
fâcheux, non pour le consommateur qui dans
un grand nombre de cas y trouve encore son
compte, mais pour la dignité des hommes qui
se rendent coupables de ces petits larcins.
L'Académie nationale est une noble institution
qui ne saurait entrer dans d'aussi mesquins
détails, et dont les membres, nous aimons à le
croire, sont incapables de semblables peti-
tesses: aussi croyons-nous qu'il serait intéressant, non-seulement au point de vue agricole,
mais aussi au point de vue industriel, que nos
lecteurs qui le jugeraient à propos voulus-
sent bien nous signaler tous les faits de ce
genre ; ce serait pour l'avenir un curieux re-
cueil qui pourrait servir à un travail plein
d'intérêt sur l'histoire des découvertes se rap-
portant aux progrès de l'industrie moderne.

Parmi ceux de MM. les membres de l'Académie nationale qui avaient répondu à nos
chaleureux appels en faveur de l'exposition
de Bayonne nous avons remarqué, avec un vif
intérêt, dans la section de l'agriculture, les
noms de :

MM. ABBADIE DE BARRAU. Eau-de-vie d'Armagnac; — BETZ-PENOT. Échantillons de farines

de maïs ; — Bouilly. Matériel agricole, instruments très-variés ; — Chalopin. Bouche-bouteilles ; — Clamageran. Matériel agricole, appareils très-économiques ; — Corroy. Tarares ; —Coussin. Glands doux et catéchisme agricole ; — Dalle. Échantillons de lin ; — de Dampierre. Eau-de-vie ; — Duboscq. Céréales, légumes, fourrages et instruments ; — Franceschini. Très-belle huile ; — Galland. Céréales ; — Gasquet. Trieur pour blé ; — Gérard. Machines à battre ; — Hamet (le savant et dévoué professeur d'apiculture du Luxembourg). Ruches diverses ; — Jacquet-Robillard. Semoir ; — Lallier, à Venizel. Machine faucheuse ; — Lartigue. Engrais ; — Lotz. Matériel agricole très-varié ; — Pernollet. Trieur et rouleau compresseur ; — Pinet-d'Abilly. Matériel agricole ; — Proyart. Céréales ; — Renaud. Matériel agricole ; — Ratel. Enclume à rebattre les faux ; — Tajan. Matériel agricole, instruments très-variés ; — Vignon. Ruches et produits.

V.

L'AGRICULTURE

ET LA PETITE INDUSTRIE RURALE DE L'ESPAGNE
A L'EXPOSITION FRANCO-ESPAGNOLE DE BAYONNE.

Nous ne reviendrons pas sur la position que l'Espagne occupait à l'exposition de Bayonne, car nous tomberions, malgré nous, dans des redites inutiles; nous préférons aborder franchement la question et entrer de plain-pied dans l'exposition même.

Nous ferons ici une simple observation, c'est que nous retrouverons l'industrie des Espagnes dans les onze classes du groupe industriel que nous avons encore à examiner.

Dans la section agricole et de la petite industrie rurale, cent exposants espagnols ont fait acte de présence. Ces cent exposants ont présenté leurs produits sous 1,097 numéros du catalogue.

Mais ici on constate la contre-partie de l'exposition française, c'est-à-dire que sur cent exposants quatre-vingt-dix-neuf avaient des produits dérivant directement du sol, et un seul, des instruments aratoires; seulement cette exposition unique comptait cinquante-six numéros.

L'exposition vinicole espagnole se composait de 54 exposants, ayant tous des lots de produits très-respectables quant au nombre des échantillons. Ceux-ci résumaient dans des groupes très-intéressants toutes les provenances provinciales de la Navarre et de Burgos, tels que les vins communs, les rancios secs, les rancios doux, les clarètes et les tintos, sans préjudice des vinaigres (vinagres), des eaux-de-vie (aguardientes), des alcools (alcoholes), des cidres (sidra) et des cervoises (cerveza).

Les froments et les orges se faisaient remarquer par leur magnifique développement. Rien de plus admirable que ces deux espèces de grain. Il n'en est pas de même des avoines et des seigles. Cette différence se constate aussi en Algérie.

Les fruits sont de belle apparence, mais, comme nous l'avons déjà dit, ils n'ont pas l'excellente saveur des nôtres. Il en est de même pour les farines ; elles ont un magnifique aspect, mais au toucher, nous dirons même mieux, à l'analyse, elles sont inférieures aux farines françaises. Les blés durs seuls ont la suprématie ; quant aux blés tendres espagnols, ils sont comparables à de la neige ; le gluten fait défaut.

Les huiles ont un bel aspect, et les quelques échantillons exposés nous ont d'abord étonné par leur limpidité et leur couleur : aussi nous sommes-nous permis d'en déboucher quelques flacons. — Si la commission nous eût surpris en flagrant délit, elle eût été scandalisée. — Mais à ce moment la commission dormait du sommeil du juste, et les deux gardiens présents, grâce à notre prestance magistrale, nous laissèrent faire.

Pour en revenir aux huiles espagnoles, après les avoir *essayées,* puis pratiquées, pendant plusieurs semaines de nourriture en Espagne, nous avons constaté que, malgré l'excellente qualité du fruit, le liquide oléagineux qui en provient est âcre et nauséabond, et, renseignements pris, nous nous sommes assuré que cette défectuosité dépendait surtout des mauvaises méthodes d'extraction.

Quant aux laines, aucun de nos cultivateurs n'oserait exposer les quatre ou cinq spécimens qui se trouvaient à Bayonne.

Pour en finir avec les produits dérivant directement du sol, il me semble ici intéressant de donner la nomenclature des bois qui

croissent spontanément dans la province de
Burgos, et cela d'autant mieux que c'était la
seule exposition de ce genre. — Cette nomenclature donnera du reste une juste idée des
essences forestières qui croissent en Espagne
sous le 42ᵉ degré de latitude.

Cette collection se composait des essences
suivantes : *quercus tauza*, Bosc., chêne tauzin
ou chêne noir; *salix alba*, L., saule blanc;
salix caprea, L., saule marceau; *sambucus ni-
gra*, L., sureau commun; *taxus baccata*, L., if
commun; *tilia microphylla*, Vent., tilleul des
bois; *juniperus communis*, L., genévrier commun; *rhus coriaria*, L., sumac à feuilles
d'orme ou rouvre des corroyeurs; *salix ru-
bra*, Hoff., saule pourpre; *quercus pedunculata*,
Willd., chêne commun à long pédoncule ou
gravelin; *quercus cerris*, L., chêne chevelu;
pinus pinaster, Lamb., pin maritime; *pinus
sylvestris*, L., pin sylvestre; *ulmus campestris*,
L., orme champêtre; *ulmus alba*, variété d'orme
que nous ne connaissons pas; *pyrus aria*, on
a voulu sans doute désigner par ce nom bâ-
tard le *cratægus aria*, L., ou alisier blanc;
cydonia vulgaris, Merat., coignassier; *pyrus
malus*, L., pommier domestique; *juniperus sa-
bina*, L., sabine; *acer campestris*, L., érable;
cratægus monostyla, variété qui nous est in-

3.

connue, sans doute le *cratægus amelanchier*; *fraxinus excelsior*, L., frène; *fagus sylvatica*, L., hêtre; *genista scoparia*, Lam., genêt à balai; *hedera helix*, L. lierre; *populus tremens*, on a sans doute voulu désigner par ce nom le *populus tremula*, L., ou le tremble; *pistacia lentiscus*, L., pistachier lentisque; *anagyris fœtida*, L., anagyris fétide; *amelanchier vulgaris*, Mœnch., amélanchier commun; *buxus sempervirens*, L., buis; *populus alba*, L., peuplier blanc; *quercus suber*, L., chêne liége; *ilex aquifolium*, L., houx commun; *betula alba*, L., bouleau commun; *corylus avellana*, L., noisetier.

Cette collection, exposée sous la rubrique d'exposition collective de Burgos, doit être très-incomplète. En outre, nous ne félicitons pas les délégués chargés de l'exhibition de cette province, car nous avons été obligé de rétablir tous les noms de ces différents arbres, dont les dénominations botaniques ainsi que l'orthographe ont été estropiés d'une manière déplorable.

Quant aux autres produits agricoles, ils ne valaient réellement pas la peine de fixer notre attention.

Il nous reste cependant à dire quelques mots au sujet des petites industries rurales.

Nous mentionnerons particulièrement celle des cires et bougies : l'épuration n'en est pas parfaite, mais au moins le produit n'est altéré ni par le blanc de baleine, ni par les stéarines et autres substances que la science a, dans ces derniers temps, arrachées aux tissus adipeux des animaux.

Nous signalerons également les papiers à lettres, écoliers, d'impression et à dessin.

Quant aux tissus, ils sont consciencieusement fabriqués, mais ils sont d'une grossièreté déplorable.

Les poteries datent des premiers âges du monde.

Les savons sont de bonne qualité.

Enfin les conserves alimentaires semblent être parfaitement préparées.

Nous reviendrons du reste sur tous ces différents produits lors de l'examen des classes industrielles.

Il nous reste à parler des instruments aratoires exposés par la maison Pinaquy et Sarvy, de Pampelune.

MM. Pinaquy et Sarvy étaient les *rois espagnols* de l'exposition bayonnaise. Il est vrai qu'ils étaient seuls dans leur section. On leur avait accordé toute la place qu'ils avaient désirée : aussi avaient-ils étalé une riche et même très-riche collection d'instruments tous français et anglais sans exception. Ils étaient parfaitement dans leur droit. Mais pourquoi s'intituler *constructeurs*? N'eût-il pas mieux valu, dans l'intérêt de leur dignité, qu'ils déclarassent franchement leur qualité d'*entrepositaires*? Est-ce que ces messieurs eussent perdu de leur mérite? Non! mille fois non! — L'Espagne agricole doit, suivant nous, une couronne à MM. Pinaquy et Sarvy pour la propagation des bons instruments aratoires de toutes les nations, mais comme fabricants, c'est autre chose. A ce dernier point de vue, nous regrettons de le dire, ni l'Espagne, ni l'agriculture, ne leur doivent rien; ce qui ne nous empêche pas de répéter qu'ils ont fait acte de bonne volonté et donné une nouvelle preuve de l'empressement avec lequel on commence, en Espagne, à prêter l'oreille à toutes les aspirations du progrès.

Nous avons reconnu dans l'exposition multiple de MM. Pinaquy et Sarvy les instruments et les appareils les plus généralement adoptés. Et à coup sûr, ces messieurs ont agi avec beaucoup de discernement.

Ce chapitre sur l'Espagne complète les précédents, mais il ne sera possible de juger

sainement l'exposition espagnole que lorsqu'on aura lu le compte rendu des onze
classes de l'industrie.

Ceci dit, passons à l'Algérie.

VI.

DE L'ALGÉRIE

A L'EXPOSITION FRANCO-ESPAGNOLE.

Malgré les nombreux articles que nous avons
déjà publiés sur l'Algérie, il nous paraît cependant utile de jeter encore un rapide coup
d'œil sur un des plus beaux fleurons de l'exposition bayonnaise.

A Bayonne, l'Algérie, sous l'habile direction
de MM. Teston et de Cès-Caupène, avait divisé
ses produits ainsi qu'il suit :

1re série. — Végétaux et produits végétaux ;

2e série. — Minéraux ;

3e série. — Animaux et produits animaux ;

4e série. — Ethnographie, industrie indigène ;

5e série. — Alimentation.

6e série. — Produits divers.

Nous allons rapidement examiner les diffé-

rents produits composant chacune de ces sé-
ries.

1re SÉRIE. — VÉGÉTAUX ET PRODUITS VÉGÉTAUX.

Cette série se divisait en douze sections. La
première comprenait les bois et les liéges; ces
derniers étaient représentés par six exposants,
qui tous avaient de remarquables échantillons.
L'Algérie est pour la France une excellente
source de production en ce genre d'industrie.
Quant aux essences forestières, nous avons
pour la centième fois admiré la belle collection de M. Lambert, inspecteur des forêts à
Bône; cette collection ne compte pas moins
de 130 échantillons.

Venaient dans la 2e section les textiles autres
que le coton et la soie. Ici un important progrès se manifeste, c'est celui qui résulte de la
culture du lin. La France produit des masses
considérables de chanvre et de lin (200 millions de kilogrammes environ), mais cette
quantité est insuffisante, puisqu'elle est obli-
gée de recourir à l'importation des produits
étrangers. Or, nous avons compté cette année
dans les produits de l'Algérie dix-neuf expositions de lin. Cette manifestation dans la production d'une plante textile si essentiellement in-

dispensable est, suivant nous, d'un excellent augure.

L'emploi de la fibre du palmier nain (*cha-mærops humilis,* L.) nous semble également un progrès. Cette industrie mérite d'autant plus d'être encouragée, que la matière première croit spontanément en Afrique et que cette plante est même un obstacle à la culture normale comme chez nous la bruyère à balai (*erica scoparia,* L.), ou la fougère (*pteris aquilina,* L.). On fait avec la fibre du palmier un crin végétal excellent, et qui supporte admirablement la teinture.

Les cotons formaient à eux seuls la 3e section. Nous avons constaté à Bayonne la présence de 31 exposants. Parmi les espèces et variétés qui semblent particulièrement avoir la prépondérance, nous citerons : le Georgie longue soie, le Georgie courte soie, le Jumel d'Égypte et le Louisiane. En présence de la crise américaine, il est, ce nous semble, de toute inutilité de faire valoir l'importance que nos cultures algériennes devront avoir dans l'avenir de l'industrie cotonnière.

Les matières oléagineuses qui composaient la 4e section étaient en nombre. Les huiles d'olive surtout y dominaient, car nous avons compté jusqu'à 14 exposants. Aujourd'hui,

grâce aux importations mécaniques, pres-
soirs et autres, on fabrique en Afrique des
huiles qui peuvent rivaliser avec les meilleures
huiles d'Aix.

Nous avons également remarqué quelques
essais de sésame et d'arachide; deux cultures qui ne sauraient manquer de réussir
et qui, certes, méritent d'être encouragées.
Elles le sont déjà, du reste.

La 5e section comprenait les matières tinctoriales et tannantes. Parmi les premières
nous signalerons particulièrement la coche-
nille, qui sera tôt au tard pour l'Algérie une
source de richesses; nous mentionnerons également de nombreux et fort beaux échantillons de garance, dignes de rivaliser avec les
plus belles racines du département de Vaucluse. En fait de matières tannantes nous ne
devons pas oublier les sumacs (*rhus typhi-
num*, L., *cotinus*, L., *tezera*, D. C., et *penta-
phyllum*); la galle du chêne zeen (*quercus
mirbeckii*, Bory), et le *tamarix africana* ou
tamarin d'Afrique.

Les baumes, gommes et résines composant
la 6e section, ne présentaient rien de bien remarquable. Il en était de même de la 7e section
comprenant les plantes médicinales. Nous
n'en dirons pas autant de la 8e section, dans

laquelle étaient rangés les céréales, les légumes et les fourrages.

Sur 46 exposants de blés, nous avons constaté un fait qui n'est pas sans intérêt au point de vue agronomique : c'est que 20 exposants présentaient des blés durs et 26 exposants des blés tendres ; ce qui prouve combien une intelligente culture peut modifier la production d'un sol. Il n'y a pas encore longtemps, on eût ri d'un cultivateur qui eût voulu se livrer à la culture des blés tendres en Afrique, et voilà qu'aujourd'hui cette culture semble prendre plus d'extension que celle des blés durs.

Nous regrettons de ne pas avoir vu plus de maïs, non pas dans l'espérance d'en faire la nourriture de nos colons algériens, mais dans l'espoir de venir en aide à l'alimentation du bétail. Six cultivateurs seulement avaient exposé des maïs.

Quant aux orges, elles étaient toutes admirables.

En fait de légumes : doliques, haricots, pois, lentilles et fèves, notre collègue, M. Hardy, en avait exposé 54 espèces et variétés.

Les farines et pâtes alimentaires composaient la 9° section. Ici encore rien de bien nouveau, mais cependant des produits hors

ligne, surtout sous le rapport de la fabrication des pâtes, semoules, macaronis, vermicelles, lazagnettes, lazagnes, nouilles, côtes
de céleri, petites pâtes de divers dessins, pâtes
romaines, etc., etc.

La 10e section comprenait les vins, alcools,
conserves et fruits. En voyant cette partie de
l'exposition, surtout au point de vue des vins,
nous nous sommes rappelé ce qu'on disait
en 1852 aux colons qui tentaient la culture
de la vigne en Afrique : « Bah! vous ne réus-
sirez jamais à faire du vin ; le grain de vos
raisins desséchera toujours sur vos ceps. » Et
cependant, à Bayonne, nous avons compté
26 exposants de vins, de vins excellents et
aussi capiteux que les meilleurs vins d'Espagne.

La 11e section se composait des essences,
huiles essentielles et parfums, et la 12e, des
tabacs.

2e SÉRIE. — MINÉRAUX.

La série des minéraux se faisait remarquer
par sept belles expositions exclusivement
composées d'échantillons de différentes espèces de marbres, de minerais de cuivre,
d'oxyde d'antimoine, de sulfure de mer-

cure, de galène, de blende et de minerais de fer.

3º SÉRIE. — PRODUITS ANIMAUX.

Quatorze échantillons de laine indigène, métis et mérinos, deux échantillons de toisons de chèvre d'Angora, un échantillon de poils de chameau et une belle collection de plumes d'autruches élevées à l'état de domesticité au jardin de naturalisation d'Alger, tel était le bilan de la 1re section de cette série.

Les expositions séricicoles de l'Algérie à Bayonne reposaient presque entièrement sur des spécimens de différentes espèces de cocons. En présence des désastres causés par la muscardine et autres maladies, on sent que le colon algérien cherche en ce moment une espèce capable de pouvoir résister aux influences délétères, et le cocon milanais parait être celui qui a aujourd'hui le plus de chances de réussite.

Nous avons remarqué avec intérêt quelques lots de cocons du ver à soie du ricin (*bombyx arrindia*), du ver à soie du chêne (*ya-ma-maï*), et du ver à soie de l'ailante (*bombyx cinthia*).

Venaient ensuite les cires et les miels. Les

produits tirés des eaux, corails et poissons, clôturaient la 3e série.

4e SÉRIE. — ETHNOGRAPHIE.

Pauvre, très-pauvre, et rien de nouveau.

5e SÉRIE. — ALIMENTATION.

Un seul exposant, M. Hardy, d'Alger, présentait des ignames, des colocases, des patates, des cannes à sucre et des bambous. Nous sommes encore à nous demander ce que faisaient les bambous dans cette série de l'alimentation, car, que nous sachions, nous n'en broutons ni les feuilles ni le bois. Quant aux fruits conservés ou naturels, nous les connaissions tous, et la collection ne s'est pas augmentée.

6e SÉRIE. — PRODUITS DIVERS.

Outre les objets qui figurent habituellement dans les expositions de l'Algérie, tels que les pupitres, les caves à liqueurs, les boîtes à gants et les tabatières en bois de thuya, M. Vidalène, capitaine en retraite, à Oran, exposait pour la première fois des meubles en thuya d'Afrique d'une grande beauté; il est seule-

ment fâcheux que leur forme n'ait pas été
à la hauteur des magnifiques arabesques con-
tenues dans le tissu cellulaire de ce bois, qui
appartient réellement à la haute ébénisterie.

Telle était l'Algérie à l'exposition franco-
espagnole de Bayonne.

Nous comptions dans la section de l'Algérie
dix membres de l'Académie nationale :

MM. Hardy, directeur du jardin d'acclima-
tation d'Alger. Plantes textiles, cotons,
plantes oléagineuses, tinctoriales, médicinales, légumineuses, vers à soie et plantes
alimentaires. — Ferré, province d'Oran. Coton longue soie superfin. — Goby, province
d'Alger. Cotons, graines de ricin, maïs. —
Grima, province de Constantine. Capsules de
coton courte soie, sésame. — Garro, province
d'Alger. Huiles de diverses et excellentes
qualités.— Costemisan, province d'Oran. Fleurs
de carthame pour teinture, cocons. — Bertrand. Pâtes alimentaires fabriquées avec les
blés durs de l'Algérie. — Betz-Penot, d'Ulay.
Emploi des maïs de l'Algérie. (Nous avons
épuisé toutes les formules d'éloges envers lui.)
— Brunet, chevalier de la Légion d'honneur.
. Emploi des blés de l'Algérie dans la fabrica-

tion des semoules. — SIGAUT. Emploi des maïs de l'Algérie pour la fabrication des pains d'épices et petits fours. — (Succès complet.)

VII.

INDUSTRIE.

PREMIÈRE CLASSE.

BEAUX-ARTS INDUSTRIELS.

La première classe de l'Exposition bayonnaise comprenait six sections : L'orfévrerie artistique, l'horlogerie, la bijouterie et la joaillerie, l'optique et les instruments de précision, les poteries artistiques et enfin les bronzes et objets divers. Parmi les soixante-treize industriels composant cette classe, un seul Espagnol avait fait acte de présence, aussi son nom mérite-t-il d'être cité : c'était M. Hindenlang de Saragosse, un consciencieux fabricant d'horlogerie qui exposait un échappement à ancre avec levées visibles en rubis et un échappement à cylindre avec huit trous en pierreries.

Nous allons jeter un rapide coup d'œil sur

chacune des sections de cette classe, en ayant
soin, surtout, de signaler les nouveautés industrielles qui auront le plus particulièrement
fixé notre attention.

Orfévrerie artistique. — Aujourd'hui l'orfévrerie compte deux genres de fabrication : la
vraie et la fausse. La vraie emploie les métaux
précieux, la fausse les métaux usuels et à bas
prix, tels que le cuivre, le zinc et le laiton.
Seulement ces derniers sont recouverts d'une
couche plus ou moins épaisse d'or ou d'argent,
et cette couche est obtenue par un procédé
industriel connu sous le nom de galvano-
plastie.

L'orfévrerie est l'industrie qui présente par
excellence l'alliance féconde de l'art appliqué
à la fabrication des objets les plus usuels, de
l'art dans ses transformations les plus multi-
ples, de l'industrie dans ses moyens économiques et somptueux.

L'orfévrerie a marché d'intelligence avec
l'architecture ; c'est ainsi qu'on retrouve la
simplicité des lignes dans l'art antique, dans
l'orfévrerie grecque et romaine, que l'orfévrerie byzantine se distingue par une grande
richesse de composition matérielle, que le
moyen âge se fait remarquer par son orfévrerie essentiellement religieuse, la renais-

sance par son orfévrerie profane, sans cependant abandonner les splendides décorations
de l'art ogival, et le dix-huitième siècle par
un mode nouveau, auquel on a donné le nom
de rocaille.

Aujourd'hui nous n'avons que des réminiscences de ces différentes époques, mais,
comme compensation, nos procédés industriels nous permettent non-seulement de con-
tenter les exigences les plus méticuleuses des
gens riches, mais encore le confortable des
personnes que la fortune n'a pas comblées de
ses faveurs.

On obtient l'argenture et la dorure de l'orfévrerie fausse à l'aide d'un bain de cyanure
de potassium tenant en dissolution du cyanure du métal à précipiter sur l'objet qu'on
veut dorer ou argenter ; puis on installe cet
objet au pôle négatif d'une pile de Bunzen,
et on suspend au pôle positif une lame d'or
ou d'argent : alors le courant galvanique s'é-
tablit, le métal précieux se précipite sur le
métal à vil prix, et un dépôt interne et homo-
gène se produit.

Bien que ne comptant que dix exposants,
la section de l'orfévrerie à Bayonne était riche en grands industriels. Parmi eux, nous
citerons particulièrement MM. Froment-Meu-

rice, Christofle, Coffignon et Veyrat; mais
ajoutons qu'aucun d'eux ne présentait réellement rien de bien nouveau, constatant un
progrès industriel ou artistique. Nous ferons cependant une exception en faveur de
M. Froment-Meurice, pour son bouclier en
cuivre argenté et doré représentant l'histoire
cyclique du cheval, et dont les bas-reliefs sont
dus aux ciseaux de Jean Feuchères, de Rouil-
lard, de Justin et de Schœnwerk, pour un
pendant de cou d'or émaillé, orné de perles,
style du xvie siècle, représentant Jeanne d'Arc;
ce camée est surmonté d'un ange qui tient
d'une main une palme et de l'autre une
couronne. — Ce bijou est signé d'Audouard
et a été émaillé par Sollier. — Enfin nous
mentionnerons une broche d'or émaillé, or-
née de perles, style du xvie siècle, broche-
camée de cornaline, incrustée de brillants et
sculptée d'après le dessin de la nymphe
Aréthuse.

Comme nouveauté industrielle, nous signalerons aussi les couverts argentés sur lesquels
M. Rubel, de Paris, fait des applications d'argent massif, sur les parties qui s'usent le
plus vite, notamment au bouton, à la spatule
et aux pointes de fourchettes. Un couvert
ainsi préparé et argenté au titre de 72 gram-

4

mes peut durer de quinze à vingt années,
sans qu'il soit besoin de le réargenter.

Horlogerie. — La section d'horlogerie
comptait à Bayonne vingt exposants.

Il n'y a peut-être pas un art qui réclame
plus de communauté d'efforts entre le savant qui crée et l'ouvrier qui exécute. Et,
en effet, en horlogerie, quand l'ouvrier fait
défaut, le savant devient ouvrier; si, au
contraire, ce dernier manque de guide, il
cherche à devenir savant. L'histoire de l'horlogerie confirme, du reste, l'exactitude de ces
réflexions.

L'horlogerie usuelle, depuis plus de deux
siècles, croît, grandit et progresse dans la
vallée de Locle, dans le Jura, à Genève, dans
la Savoie et la Franche-Comté. De ces différents foyers sortent les neuf dixièmes des
produits à prix modique qui couvrent tous les
marchés du monde; mais entre l'horlogerie
savante et l'horlogerie usuelle se place l'horlogerie qui tient à l'une et à l'autre par les inspirations qu'elle en reçoit. Il faut classer dans
ce genre les régulateurs, les chronomètres,
et les pièces de fantaisie dites bijoux de
poche.

Les régulateurs sont destinés à marquer
l'heure avec une précision telle qu'en un

mois les variations ne doivent pas être de plus de 3 à 4 secondes.

Le chronomètre est un instrument qui a pour objet de fournir aux navigateurs l'élément principal de la détermination des longitudes, c'est-à-dire l'heure de Paris.

Quant aux pièces d'amateurs dites de fantaisie, grâce aux excellents procédés de fusion des métaux et d'un outillage admirablement perfectionné, on obtient vite et à meilleur compte des objets d'une rare perfection et d'une coquetterie exquise.

Il n'y a pas un siècle qu'on ne connaissait en Europe aucune fabrique d'horlogerie; les horlogers exécutaient, du commencement à la fin, l'œuvre si complexe d'une pendule ou d'une montre, lorsque tout à coup un jeune homme, du nom de Japy, fils d'un maréchal-ferrant du village de Beaucourt, partit pour Locle et se fit apprenti horloger chez un nommé Perrelet. Il revint deux ans après fonder dans son lieu natal une manufacture d'ébauches comme il n'en existe pas dans le monde entier. Le czar Paul offrit à Japy de l'anoblir, s'il voulait transporter sa fabrication en Russie, mais Japy refusa, et, en 1806, il laissait sa belle usine à ses trois fils : Frédéric, Louis et Pierre.

Parmi les vingt exposants qui se sont présentés à Bayonne dans la section de l'horlogerie, nous mentionnerons M. Brocot, dont nous avons eu occasion de parler en 1862, dans notre compte rendu de l'Exposition de Londres ; M. Detouche, M. Charpentier, M. Guichené et M. de Liman.

L'exposition de M. Detouche était surtout d'une splendeur remarquable. Aussi fixa-t-elle plus particulièrement l'attention de Sa Majesté le Roi d'Espagne, qui voulut avoir immédiatement, pour le palais d'Aranjuez, quelques pendules électriques pareilles au modèle qui était exposé, et qui, séance tenante, témoigna l'intention de joindre une décoration d'Espagne à celles que M. Detouche a déjà reçues de plusieurs souverains.

Espérons, pour M. Detouche, que cette royale promesse ne tardera pas à s'accomplir.

Espérons aussi que, chez nous, on ne perdra pas de vue l'admirable horloge si généreusement offerte au Conservatoire des arts et métiers de Paris !

En fait de nouveautés, nous n'avons guère à signaler qu'un modèle de montre exposé par M. Charpentier de Paris. Le mouvement est enfermé dans un boîtier en bois ou en ivoire, et les heures sont découpées extérieurement dans le boîtier. Cette pièce tire donc toute sa valeur de l'excellence de son mouvement, et, malgré son volume, elle est, dit-on, recherchée par de nombreux amateurs.

Nous mentionnerons également les montres se remontant sans clef et se mettant à l'heure en tournant le bouton, M. de Liman, de Besançon.

Bijouterie et joaillerie. — La joaillerie et la bijouterie sont nées avec la civilisation ; ces deux arts de fantaisie sont inhérents au désir de plaire, aussi ont-ils suivi les progrès du goût et les vicissitudes de la société.

La France a encore le monopole en ce genre de travail ; l'Angleterre, qui côtoie si fidèlement nos inspirations, ne saurait entrer en lice, car elle ne comprend et ne comprendra peut-être jamais que le mercantilisme. Un modèle, un dessin, une forme, n'ont pour elle leur raison d'être qu'à la condition de pouvoir se vendre, se débiter avec bénéfice. La France va plus loin, elle se livre à ses aspirations artistiques, sans se préoccuper de la question d'argent : elle est artiste avant tout, et peu lui importe si les bénéfices ne répondent pas toujours à ses efforts.

À Bayonne, la bijouterie et la joaillerie n'avaient pour représentants que onze expo-

sants. Nous mentionnerons parmi eux M. Cour-
quin de Paris, ses nacres sculptées, ses pierres
fines et ses camées; M. Borbary, aussi de Paris,
et sa consciencieuse bijouterie, et enfin M. Rouvenat, également de Paris, connu du monde
entier pour son excellente et riche fabrication.

Ce qui donne à la bijouterie moderne un
cachet spécial, c'est l'imitation que font nos
artistes contemporains des chefs-d'œuvre du
xvi⁰ siècle. C'est la perfection que nos ouvriers
atteignent dans la gravure des camées ; à ce
point de vue, Rome est aujourd'hui distancée
de cent coudées par nos artistes français.

Rien de plus adorable que l'exposition de
M. Rouvenat! Qu'on se figure une collection
de bijoux, style Louis XIII : une broche en
argent garnie de brillants, ornementée de
gracieuses pampines, du prix de 10,900 fr.;
qu'on se figure une parure en brillants, composée d'un collier, d'un bracelet, de boucles
d'oreilles et d'un diadème, du prix de 141,600 fr.,
et l'on aura alors une faible idée des richesses
immenses qui composaient la belle exposition de M. Rouvenat.

Optique et instruments de précision. — Les
instruments de précision se divisent en deux
classes parfaitement tranchées : la première
comprend les instruments à l'aide desquels on

mesure les distances angulaires des astres, la
seconde ceux à l'aide desquels on mesure le
temps.

Il n'est ici question que de la première
classe, mais malheureusement cette classe
était bien pauvre à Bayonne, car elle ne
comptait que huit exposants qui n'avaient à
faire valoir que des verres de montre et de
lunette, et quelques instruments photographiques. Nous en excepterons cependant
M. Bianchi de Toulouse, qui, à lui seul, ré-
sumait le titre de la classe.

Poterie artistique. — Pour l'observateur, la
céramique est un livre ouvert qui lui permet
de saisir au premier coup d'œil le degré de
civilisation d'un peuple. Chez les nations primitives l'art est personnel ; mais au fur et à
mesure qu'elles se civilisent, la céramique se
transforme et suit, en sentinelle avancée, les
progrès de l'époque.

La céramique moderne ne saurait effacer
les chefs-d'œuvre des Égyptiens, des Hébreux
et des Étrusques. Elle ne saurait faire oublier la
Grèce et ses réminiscences de l'art occidental,
ni les Romains qui, s'inspirant des traditions
artistiques des Hellènes, enfantèrent une céramique nationale d'une haute originalité et
sans précédent.

Depuis la décadence de Rome jusqu'aux croisades, la céramique semble sommeiller, mais à cette époque elle subit l'influence des idées du siècle et l'art se fait chrétien. Plus tard elle se transforme et devient païenne ; c'est le signal de la renaissance.

Entre la décadence de l'empire romain et la renaissance, la céramique est tour à tour naïve, simple, ferme, gracieuse et coquette ; puis, de graves et sévères, les formes s'idéalisent, les contours se perfectionnent. Constatons cependant que la pâte est négligée, que les couleurs manquent de vérité et que les émaux laissent à désirer. Une seule chose domine, c'est l'irréprochable perfection de l'ensemble.

A la renaissance succède le goût des potiches chinoises et japonaises. La mythologie est distancée par les magots du Céleste Empire, jusqu'au moment où la France et la Saxe, entrant dans une nouvelle voie, créent des manufactures-types où la science et l'art marchent dans une heureuse alliance.

Telle est, en quelques mots, l'histoire de l'art céramique.

Parmi les céramistes qui figuraient à l'Exposition franco-espagnole, nous citerons : MM. Devers, Gille, Jean, Letu et Mauger, et de

Monestrol. Ces cinq exposants résumaient, en effet, à eux seuls, tous les progrès de l'art céramique.

Devers, c'est le céramiste par excellence, pour l'ornementation des constructions monumentales. .

Gille, c'est l'artiste de l'intimité, c'est le sculpteur porcelainier du chez soi, c'est le reproducteur de l'à-propos moderne; c'est surtout l'homme de ses œuvres!

Jean, c'est l'imitateur des terres cuites émaillées de Lucca della Robia et d'Orazzio Fontana.

Letu et Mauger sont les fabricants spéciaux du genre porcelaine biscuit, de cette porcelaine deux fois cuite, dont les tons mats révèlent si souverainement la pensée de l'artiste.

Enfin, de Monestrol est l'intelligent copiste de cette céramique artistique des premiers temps.

Bronzes et objets divers. — Dans cette section, l'Exposition franco-espagnole comptait de grands maîtres, parmi lesquels nous citerons MM. Paillard, Daubrée, Raingo, et Duplan et Salles.

La sculpture, le moulage, la ciselure et la dorure, sont, ce nous semble, solidaires de l'industrie du bronze : aussi le bronze ciselé est-il éminemment artistique et par contre éminemment français.

Disons-le donc sans arrière-pensée, disons-le par-dessus les toits : la fabrication de Paris est unique dans son genre; il n'y a que nos artistes qui savent allier la coquetterie des formes avec les principes du bon goût, tout en conservant cependant les bonnes traditions: aussi toutes les nations viennent-elles nous emprunter nos ouvriers, et, chose étrange! c'est qu'un an de séjour en pays étranger suffit pour abâtardir la verve et le talent de l'ouvrier artiste, qui est alors obligé de venir retremper son savoir-faire au feu sacré de la capitale de la France.

En ce genre de production, nous avons également constaté un fait d'une haute importance : c'est qu'il est possible de connaître le degré de civilisation d'un peuple en consultant ses créations artistiques. Chez les peuples de l'antiquité, l'art ne se généralise pas, l'idée est personnelle, la céramique et les bronzes restent rudimentaires; mais, à mesure que la société se constitue, qu'elle devient nature, on voit spécialement la céramique appeler à elle la verrerie, le bronze et les métaux précieux.

A Bayonne, nous avons constaté, relative-

ment aux bronzes, un fait important : c'est que
les fabricants ne s'endorment pas dans un
fâcheux immobilisme, c'est que généralement
ils sont eux-mêmes, qu'ils enfantent person-
nellement de nouvelles créations, et qu'à cet
égard ils ont tous droit à nos plus sincères
acclamations.

Tel est le bilan de la première classe à l'Exposition franco-espagnole de Bayonne.

L'Académie nationale, dans la classe des
Beaux-Arts industriels, était représentée par
sept de ses membres :

MM. CHARPENTIER, de Paris. Horlogerie de
précision.— DETOUCHE, de Paris. Horlogerie de
précision usuelle et de luxe.—GILLE, de Paris.
Porcelaines et porcelaines-biscuits. — GUI-
CHENÉ, de Mont-de-Marsan. Chronomètre, batterie de sonnerie électrique. — LETU ET
MAUGER, de Paris. Statuettes, groupes biscuit-
porcelaine.— MONESTROL (de), de Rungis. Céramique artistique. — RICHARD. Différentes pièces d'horlogerie (qui, par parenthèse, ne
nous ont pas paru avoir été examinées par le
jury, et que nous nous réservons d'étudier
dans le sein de nos comités).

VIII.

DEUXIÈME CLASSE.

INSTRUMENTS DE MUSIQUE.

Nous avons constaté avec plaisir, à Bayonne, que de très-sensibles améliorations se continuaient dans la construction des caisses de pianos, et que les instruments à vent gagnaient quant à la commodité des formes, sans cependant perdre de leur ampleur dans la production des sons.

Cette classe se divisait en trois sections : la première comprenait les instruments à vent, la seconde les instruments à clavier, et la troisième les instruments à cordes. Vingt-six exposants ont pris part au concours ; dans ce nombre on comptait deux facteurs espagnols, l'un M. Agnierre, de Tolosa, l'autre M. Soler, de Saragosse.

Il est généralement très-difficile de juger un instrument de musique dans une exposition. D'abord le local n'est pas toujours bien disposé, puis la concurrence que se font messieurs les facteurs pour attirer à eux le public acheteur ne permet pas, le plus souvent, de saisir la valeur des notes. Néanmoins, à Bayonne, les grandes réputations ne nous ont pas paru déchoir, et c'est toujours avec plaisir que nous nous sommes arrêté devant les expositions de MM. Érard, Herz, Debain, Guichené, Alexandre, Bergeret, Staub, Gautrot et Sax. Nous féliciterons même particulièrement M. Sax d'avoir eu la bonne pensée d'envoyer à Bayonne des artistes qui ont donné, dans la salle des Beaux-Arts, de charmants concerts, ce qui nous a mis à même de pouvoir juger sainement la puissance des instruments à vent qui sortent de cette maison.

Nous ne dirons rien des instruments à cordes, car cette partie de l'exposition de musique était complétement nulle. Seulement quelques observations sur les instruments à clavier nous semblent ici nécessaires.

Pour écrire l'histoire d'une industrie, il suffit parfois de faire l'histoire d'une maison. C'est ainsi qu'on ne saurait parler du piano sans prononcer le nom d'Érard ou de Wolf : en 1777, Sébastien Érard fit, en effet, le premier modèle du piano moderne; le même artiste fit en 1790 le premier piano carré, et en 1796 le premier grand piano à queue. Plus tard, Pierre Érard inventait son piano à double échappement et dotait le clavier d'une

5

sensibilité qui répondait à toutes les exigences de l'harmonie.

La spécialité de la maison Herz, c'est la fabrication du piano à queue, grand format, qui résout le problème si important de produire dans toute l'étendue de l'instrument un son à la fois large, moelleux et clair, et de conserver la puissance du ton sans bourdonnement, la douceur sans moelleux, et l'éclat sans sécheresse. La maison Herz fabrique également avec une rare supériorité les pianos demi-obliques et les pianos droits.

Aujourd'hui, en fait de pianos, la question du contre-tirage est parfaitement résolue. Nos facteurs sont parvenus à équilibrer la puissance des cordes de manière à empêcher l'instrument de gauchir et la table d'harmonie d'être refoulée sur elle-même. Cette tension continue de la table donne une plus grande sonorité; elle lui fait conserver invariablement une position normale, et comme les cordes, en tirant sur les sonneries du châssis, pourraient les faire basculer, on neutralise cette action par un tirage contraire.

Après le piano vient l'orgue d'appartement, ou orgue expressif, qu'on vit pour la première fois en France vers l'année 1810, puis, qui fut abandonné et repris dans ces derniers temps par M. Debain et par M. Alexandre.

L'harmonium de M. Debain, au lieu d'un seul jeu d'anches libres, en possède quatre; dans chacun d'eux les anches recouvrent l'ouverture d'une cavité dont la grandeur diffère dans chaque jeu, d'où résultent quatre espèces de timbres; en outre, comme les anches sont placées dans le sommier même, elles jouissent d'une vibration soudaine.

C'est à M. Debain que l'on doit l'harmonicorde, instrument composé de l'harmonium et d'un piano unicorde, et au sujet duquel M. Fétis s'exprimait ainsi : « Cette combinaison est destinée à produire d'heureux effets d'orchestre, qu'aucun instrument ne pourrait réaliser. »

Voici comment s'exprimait le jury de la dix-septième classe, lors de l'Exposition universelle de 1855, au sujet du piano-mélodium de M. Alexandre :

« Le piano-mélodium est un instrument à deux claviers. Le clavier supérieur est celui du piano; l'inférieur celui de l'orgue.

« Le piano et l'orgue restent à volonté indépendants l'un de l'autre ou se réunissent pour produire des effets combinés.

« L'orgue avec plus ou moins de jeux, selon l'importance qu'on veut donner à l'instrument, n'offre de différence dans ses dispositions extérieures avec l'harmonium ordinaire que par la position des registres, lesquels sont placés à gauche pour les basses, à droite pour les dessus. Le registre d'expression aux pédales se trouve sous le clavier, et les pédales de la soufllerie restent dans les conditions ordinaires. »

Outre l'harmonium et le mélodium, il y avait aussi à Bayonne le symphonista du savant abbé Guichené, de Mont-de-Marsan. Le symphonista est un petit orgue à anches libres, composé d'un clavier ordinaire et d'un clavier à touches larges portant le nom des notes, ce qui permet aux personnes qui ne savent que le plain-chant de s'accompagner. Le symphonista est d'une utilité pratique pour les églises de village.

N'oublions pas les excellents pianos de M. Staub, de Nancy.

Nous avons cité plus haut les noms de M. Gautrot et de M. Sax, deux fabricants émérites dans l'industrie des instruments à vent. Nous ajouterons que c'est à eux que l'on doit la découverte de cette loi d'acoustique par laquelle le timbre du son dans les instruments à vent est déterminé par le profilement de l'instrument. C'est en élargissant ce prin-

cipe que M. Sax a inventé le saxophone, le
saxhorn, le saxotromba, la trompette à cylindre, etc., etc..., et M. Gautrot, l'hélicon,
le duplex trombone, le bugle et le sarruso-
phone. Le timbre de ce dernier instrument a
une grande puissance et produit les meilleurs
effets dans toutes les musiques d'ensemble. Il
se joue avec une anche semblable à celle du
basson, et le doigté a beaucoup de rapport
avec celui de la clarinette.

L'Académie nationale était représentée dans
la classe des instruments de musique par :

MM. Bergeret, de Bordeaux. Pianos. — Debain, de Paris. Pianos, orgues-harmoniums. —
Gautrot, de Paris. Instruments à vent. —
Guichené, de Mont-de-Marsan. Orgue-sympho-
nista. — Staub, de Nancy. Pianos.

IX.

TROISIÈME CLASSE.

PAPETERIE, IMPRIMERIE, RELIURE, LIBRAIRIE.

Les quatre sections qui composaient la troisième classe à l'Exposition bayonnaise représentaient la base première de l'enseignement,
la véritable artillerie de la pensée humaine.

Le papier sort de la manufacture, il est porté à l'imprimerie ; là il reçoit ces maculures noires qu'on nomme des lettres, lesquelles forment des mots, puis des phrases, puis des pages, puis des chapitres, puis un livre. Ces feuilles, une fois imprimées, sont ensuite assemblées, cousues et encartées dans une couverture, c'est ce qui constitue l'art du brocheur et du relieur ; enfin le libraire se charge de débiter le livre et de le présenter à la consommation des savants, des amateurs, de ceux qui cherchent à s'amuser, à se distraire ou à s'instruire.

Malheureusement, à Bayonne, la troisième classe était peu riche en produits : aussi, malgré tout notre bon vouloir, nous est-il impossible de signaler tout ce que l'industrie française crée journellement de nouveau et d'intéressant et qui faisait défaut à l'Exposition franco-espagnole : aussi, et bien malgré nous, nous voyons-nous forcé de restreindre nos éloges à un petit nombre de producteurs.

Les quatre sections de la troisième classe ne comprenaient que trente-six exposants, parmi lesquels nous avons compté trois Espagnols.

Ceux-ci méritent d'être particulièrement cités.

C'étaient tout d'abord MM. Kœnig et Bloss,

de Anguela del Pedregol, qui exposaient des pierres lithographiques d'un bon grain, mais de trop petites dimensions; venait ensuite M. Rivadeneyra, de Madrid, qui présentait une magnifique édition des œuvres de Cervantes, irréprochable au triple point de vue de l'impression, du papier et du tirage; c'était enfin M. Santesteban, de Saint-Sébastien, auteur d'un livre de lutrin avec méthode de plainchant d'une exécution magistrale.

En fait de papeterie, la France ne présentait rien de réellement nouveau; nous aurions cependant voulu voir quelques spécimens de papier fabriqués avec certaines matières fibreuses, que la nature nous offre en abondance et qui doivent un jour ou l'autre venir en aide à la pénurie des chiffons.

En impressions typographiques, il n'y avait également rien de remarquable; nous ferons néanmoins une exception en faveur de la lithographie et de la lithochromie.

En reliure, même pénurie; nous mentionnerons seulement quelques bonnes reliures de registres, reliures consciencieusement et solidement exécutées.

La librairie seule méritait d'être particulièrement signalée; nous avons surtout remarqué, dans cette section, la continuation des progrès observés en 1862 lors de l'Exposition univer-

selle de Londres, savoir : la perfection réalisée
dans la construction des presses mécaniques,
perfection qui permet d'obtenir aujourd'hui
des publications excessivement bon marché et
cependant d'un fini irréprochable ;

L'aciérage galvanique à l'aide duquel on
obtient des tirages en taille-douce sur des
planches de cuivre qui, sans ce procédé, seraient rapidement altérées ;

Enfin, l'application de la chromolithographie aux œuvres de la lithographie, application
à l'aide de laquelle on remplace le pinceau par
le tirage sur pierre à différentes teintes ; chaque
pierre doit dans ce cas porter la couleur
qu'elle est chargée de déposer sur la première
épreuve.

On conçoit avec quelle justesse de contour
les repères doivent être faits, car il y a des
dessins qui exigent jusqu'à dix-huit et vingt
couleurs, et par contre dix-huit à vingt pierres.
Ces pierres n'impriment pas seulement une
couleur, mais cette dernière se mélange par
superposition avec une autre couleur et forme,
par la modification des nuances, des tons différents. La chromolithographie s'applique à
une quantité considérable de dessins, aux
cartes géographiques, et surtout à la repro-
duction des vieux manuscrits, chefs-d'œuvre
des moines du vi^e au xvi^o siècle.

La chromolithographie s'est surpassée à Bayonne, dans un livre édité et exposé par M. Curmer. Ce sont les Heures d'Anne de Bretagne. Les Évangiles et toute la librairie religieuse, traités par ce même procédé, sont également irréprochables de fini et de parfaite imitation. Bien que tous ces ouvrages aient figuré à Londres en 1862, nous croyons devoir les signaler une seconde fois, à propos de l'Exposition de Bayonne.

Nous nous faisons un vrai plaisir de signaler en passant les belles impressions chromolithographiques de MM. Mayoux et Honoré, qui ont obtenu la médaille de bronze. Ces messieurs représentent une maison qui a plus de cinquante ans d'existence.

Et bien que MM. Moulin et Leroux ne soient pas portés au catalogue, nous devons dire encore qu'ils avaient exposé des travaux fort remarquables, aussi en chromolithographie. M. Moulin a eu la médaille d'argent et M. Leroux a également obtenu une médaille.

Le *Magasin pittoresque* et ses trente-deux années de publication méritent encore les plus justes éloges, soit par l'irréprochable perfection de l'impression, soit particulièrement par les belles gravures sur bois qui ornent cet important ouvrage.

5.

Les livres d'éducation et d'étude étaient en
grand nombre et avaient pour représentants
les maisons Hachette, Lacroix et Noblet, et
Baudry, toutes de Paris. En cette circonstance,
ces éditeurs ont largement agi, car il ont fait
hommage à la ville de Bayonne de tous les
livres exposés par eux.

Nous regrettons que la pauvreté de l'Exposition franco-espagnole ne nous permette pas
de nous étendre davantage et ne nous offre
pas d'exemples plus frappants des progrès
industriels réalisés depuis deux ans. Mais,
nous l'avons déjà dit, l'Espagne a fait défaut,
et la France, qui, pour la plupart de ses productions, a son domicile à Paris, n'a pas osé
franchir deux cents lieues sans être aidée,
soit par la Commission bayonnaise, soit par
des concessions faites par les chemins de fer.

L'Académie nationale était représentée dans
la classe de la papeterie, de l'imprimerie, de
la reliure et de la librairie, par :

MM. APPEL, de Paris. Gravure et imprimerie de luxe. — CHARPENTIER, de Nantes. Lithographie et typographie. — Deux établisse-
ments de premier ordre. MM. MOULIN, LEROUX,
MAYOUX et HONORÉ. Impressions en chromolithographie.

X.

QUATRIÈME CLASSE.

AMEUBLEMENTS. — DÉCORATIONS.

Les meubles formaient une partie importante de l'Exposition franco-espagnole. L'Espagne comptait 8 représentants, et la France 76.

L'ameublement se divise naturellement en plusieurs sections. Dans cette industrie complexe qui embrasse le meuble meublant, on compte : l'ébénisterie proprement dite, la tabletterie, le meuble en bois sculpté, la marqueterie, les glaces, les dorures, les tentures, les tapisseries, les papiers peints et la literie. Par une inconcevable disposition, la Commission bayonnaise a cru devoir adjoindre à cette classe déjà considérable la bimbeloterie, la brosserie et certains articles de fantaisie, tels que le papier à cigarettes. C'est là, suivant nous, une amère dérision ou plutôt une preuve de négligence notoire.

Le meuble en chêne sculpté, le plein-bois, a été la première ébénisterie ; on en retrouve dans les musées et chez quelques rares ama-

teurs. Nous disons quelques rares amateurs,
car ce meuble remonte à la race carlovin-
gienne. A cette époque reculée, l'art des assem-
blages était inconnu et les différentes pièces
d'un meuble s'ajustaient à l'aide de goujons
en fer.

On revient un peu aujourd'hui à ces constructions primitives : seulement le goujon de
fer, la vis, se cache modestement dans les re-
plis les plus dissimulés des angles intérieurs.

Nous ne pouvons mieux faire ici, afin d'é-
viter de répéter ce que nous disions en 1862,
au sujet de l'Exposition universelle de Londres, que de transcrire quelques idées pleines
d'à-propos de notre collègue M. Auguste Lu-
chet, un publiciste essentiellement compétent
dans la matière et dont nous partageons entièrement les idées :

« Notre industrie de l'ameublement, qui est
déjà un art, tend chaque jour à devenir une
science. Il lui faut ou chercher ou trouver
ses préceptes comme ses inspirations. Pour
mettre ensemble et dans l'harmonie les murs,
les lambris, les plafonds, les ouvertures et ce
qu'ils contiennent, l'histoire et l'archéologie
sont désormais nécessaires au vrai fabricant,
comme la peinture, la sculpture et l'architecture. Comment acquérir à coup sûr ces hau-

les connaissances, si rien ne nous aide physiquement, visiblement, à reconstruire la chaîne des époques et des phases, à ressusciter les coutumes et les mœurs par l'aspect des monuments qu'elles ont laissés? La bonne peinture moderne serait-elle sans le Louvre? Un beau livre vient-il à qui n'en a pas lu de vieux? Le grand jour de la régénération de l'industrie française sera celui de la constitution de l'art français; quand nous aurons suffisamment recherché, comparé, étudié ce que les styles anciens possèdent d'applicable à nos besoins, à nos habitudes, *et quand de tout cela nous serons parvenus à faire une chose qui soit nôtre et vivante*, selon les règles et selon le goût, alors l'art naturalisé, vulgarisé, devenu pour nous une faculté et un sens, passera comme l'air, coulera comme l'eau dans tout ce qui sortira de nos mains. »

Il résulte de tout ceci que nous ne sommes pas encore parvenus « à faire une chose qui soit nôtre et vivante, selon les règles et selon le goût » — au moins en fait d'ameublement; — que nous errons toujours sur le passé, passé que nous imitons cependant parfois avec une rare perfection.

Avec la renaissance, l'ébénisterie prit un essor considérable, et la sculpture sur bois atteignit alors la fermeté et l'indépendance de la sculpture sur pierre, et de grands artistes surgirent de toutes parts.

Aujourd'hui, quelques-uns de nos habiles fabricants ont étudié avec soin — il faut le reconnaître — tous les grands maîtres. Mais, voulant rester eux-mêmes, ils ont amplifié leurs modèles au point de rendre difformes les plus beaux chefs-d'œuvre. Disons cependant, pour rendre justice à la vérité, que plusieurs se sont drapés avec intelligence dans les œuvres de quelques artistes du moyen âge et de la renaissance, qu'ils se sont inspirés de leurs pensées, ce qui leur a permis de rendre avec une simplicité native leurs chefs-d'œuvre, tout en restant sobres au point de vue matériel de l'ornementation.

Jusqu'à ce que nous ayons créé une chose qui soit nôtre et vivante, il nous paraît plus prudent et plus sage de rester dans cette voie d'imitation, que d'abâtardir les œuvres de nos devanciers par des pastiches sans valeur.

Après le meuble en chêne sculpté dont les spécimens étaient peu nombreux à Bayonne, nous y avons aussi retrouvé le genre Boule, c'est-à-dire les incrustations de cuivre et d'écaille qui prirent naissance au siècle de Louis XIV.

Nous y avons également retrouvé quelques gracieux mobiliers du règne de Louis XV, tout ruisselants d'or, de fleurons et d'amours bouffis; nous y avons aussi remarqué quelques marqueteries du genre de Riesner et Gouttière, et enfin de nos meubles modernes avec leurs lignes géométriques aussi froides qu'une équation algébrique.

Les ameublements en chêne sculpté étaient représentés à Bayonne par MM. Lécuyer, de Paris; Mazaroz, de Paris; Leglas, de Nantes; Piquenat, de Bayonne, et Castells y Serra, de Barcelone.

Le genre Boule avait pour représentants MM. Clerc et Drapier, de Bordeaux, et M. Gallais, de Paris.

Les meubles rappelant la régence et Louis XV étaient exposés par MM. Loremy et Grisey, de Paris, et M. Diron, de Bayonne.

Parmi les fabricants qui évoquaient le genre de Riesner et Gouttière étaient MM. Clère et Drapier, de Bordeaux, et M. Medina, de Valladolid.

Enfin, au milieu des exposants hors ligne représentant le vrai style moderne, nous citerons spécialement M. Sicard, de Lyon, et M. Leglas, de Nantes.

M. Brenel, pour son ébénisterie décorative, a droit à une mention spéciale.

Il y avait aussi, à Bayonne, un style de fantaisie qui ne laisse pas d'offrir une excellente ressource aux villas et maisons de campagne : ce sont les meubles en bambou ; façon bambou et bois contournés à la vapeur. Parmi les exposants de ce genre de produits, nous mentionnerons particulièrement M. Ganser, M. Bosc et M. Thonet, tous de Paris.

Dans cette section de l'ameublement sont comprises la tabletterie, la marqueterie, les glaces, la literie et les dorures.

L'industrie des papiers peints ne remonte guère qu'aux premières années du siècle. Grâce à l'introduction du coton dans la fabrication des papiers et aux progrès de la chimie dans l'art de fabriquer les couleurs, les papiers peints ont avantageusement remplacé la peinture au lait de chaux qui couvrait les murs, les dessins grossiers exécutés par des barbouilleurs inhabiles, ou les peintures en étoffes et tapisseries qui ne pouvaient être que le partage des gens riches et fortunés.

Il y avait, à Bayonne, quelques exposants de papiers peints ; mais, n'en déplaise aux personnes qui aiment le genre tableau et le genre paysage, nous préférons les élégants papiers brochés qui imitent si parfaitement l'étoffe. En ce genre, la maison Turquetil et Malzard, de Paris, non portée au catalogue, toujours par l'incurie de je ne sais qui, nous a paru marcher au premier rang. Qu'on ne croie pas cependant que nous ayons perdu le souvenir des magnifiques paysages de la maison Züber, de Rixheim, mais nous n'avons ni à les discuter ni à nous en préoccuper ici, puisqu'ils faisaient défaut à Bayonne.

Les stores sont particulièrement une nécessité des pays chauds, des pays où le soleil darde constamment ses rayons sur les populations qui les habitent. En ce genre, nous avons compté à Bayonne quatre exposants, dont les produits étaient assez remarquables.

Il nous reste à dire un dernier mot sur les tapis.

Ici nous ne referons pas l'histoire de cette magnifique industrie artistique qui compte parmi ses gloires : les Gobelins, Aubusson, Beauvais, le Languedoc, la Touraine, Tournay, Tourcoing, Felletin, Halifax, etc., etc... Nous nous contenterons de citer parmi les fabricants qui se sont présentés à Bayonne les noms de MM. Requillart, Roussel et Chocqueel, d'Aubusson; de M. Vayson, d'Abbeville; de M. Gardan et de M. Gravier, de Nîmes, comme une sûre garantie de la valeur des expositions murales que le public franco-espagnol était à même d'admirer à Bayonne.

Six membres de l'Académie nationale figuraient dans la classe des ameublements et décorations.

MM. REQUILLART, Roussel et Chocqueel, de
Paris-Aubusson. Tapisserie. — VAYSON, d'Abbe-
ville. Tapis moquettes dits façon d'Aubusson.
— SICARD, de Lyon. Meubles modernes. —
GANSER, de Paris. Meubles façon bambou, ad-
mirablement perfectionnés. — MASSERANO, de
Paris. Stores. — BRENET, de Paris. Ébénisterie
décorative.

XI.

CINQUIÈME CLASSE.

TISSUS ET ARTICLES DE VÊTEMENTS.

Nous voici arrivé à une classe qui, à Bayonne,
était assurément la plus complexe, en ce sens
que la Commission y avait accumulé une
masse considérable de produits hétérogènes,
représentés par 139 Français et 23 Espagnols.
Aussi MM. de Bayonne ont-ils été forcés de
créer cinq sections, qui auraient certes pu
se dédoubler encore, sans inconvénient.

Afin d'apporter plus d'ordre dans notre
compte rendu et nos appréciations, nous sui-

vrons méthodiquement la classification du catalogue.

PREMIÈRE SECTION. — *Matières premières préparées, cordages.* —Étaient compris dans cette section : les cotons à coudre, à broder, à marquer, à tricoter; les laines peignées, filasses teintes, les toisons de laine lavées; les fils de lin et de chanvre, les fils écrus et blanchis, les fils pour cordonnerie et tissage et les fils à coudre; les soies gréges et ouvrées, les soies pour machines à coudre, pour dentelles et galons; enfin les beaux échantillons de cordage de Mme de Lacoin, de Bayonne, et de M. Carrue, de Paris, et un spécimen de filet de pêche à la mécanique, de M. Jouanin, de Paris, dont nous avons eu occasion de parler, lors de la dernière exposition universelle de Londres.

A l'exposition franco-espagnole, Paris avait le monopole des cotons à coudre, à broder, à marquer et à tricoter : la maison Cartier-Bresson est sur ce chapitre un établissement qui a fait depuis longtemps ses preuves, non-seulement à Paris, mais encore à Londres. Les laines étaient en très-petite quantité; la seule exposition qui se faisait réellement remarquer était celle de MM. Carriol-Baron, d'Angers; nous mentionnerons cependant, en passant, celle de la société agricole, industrielle et commerciale de Burgos (Espagne), comme une véritable exception, surtout lorsqu'on la comparait aux autres expositions espagnoles.

Les fils de lin et de chanvre avaient pour représentants les départements de la Somme, de l'Eure, du Finistère, du Nord, des Côtes-du-Nord, et particulièrement pour les chanvres le département de Maine-et-Loire.

Enfin les soies gréges et ouvrées étaient représentées par les départements de Vaucluse, de la Drôme, de Tarn-et-Garonne, de la Haute-Garonne et du Gard.

Les cotons sont en ce moment, par le fait même de la crise américaine, dans un malaise qui réagit fâcheusement sur l'industrie en général; seulement, depuis que ce conflit fratricide subsiste entre le Nord et le Sud, différentes localités font de puissants efforts pour remédier à la pénurie. Parmi ces localités, qui commencent à apporter leurs produits sur les différents marchés du monde, nous citerons : le Brésil, l'Égypte, les Indes orientales, l'Australie, le Sénégal, l'Algérie et l'Italie.

Nous avons dit plus haut quelles étaient les tendances de l'Afrique française au sujet de la culture du lin.

Quant aux laines, quoique nous ne puissions pas encore rivaliser avec la production anglaise, ni même avec la production allemande, nous sommes néanmoins en progrès. Les Anglais font vite la viande et, conséquemment, dépouillent de la laine en proportion; la France pour *faire* un mouton met le double de temps que l'Angleterre. L'Allemagne n'attache pas grand prix à la viande et n'élève que pour la laine. Connaissant aujourd'hui où est le mal, il nous paraît facile d'y apporter le remède.

Quant à l'Espagne, en étudiant ses laines en général, sans s'arrêter à une exception, on sent combien, au delà des Pyrénées, l'agriculture est restée en arrière du mouvement. Les laines de Ségovie et de Léon sont abâtardies, les laines des troupeaux Churras sont à peine bonnes pour confectionner des couvertures et des matelas.

A cette occasion, qu'il me soit permis ici un entre-temps.

Afin de prouver jusqu'à quel point la nation espagnole s'endort dans un mortel immobilisme, il ne nous semble pas sans à-propos de transcrire quelques lignes que nous empruntons à un très-intéressant ouvrage de M. Cenac-Moncaut sur l'histoire de l'ancien royaume de Navarre :

« Nous sommes encore à la frontière, et nous reconnaissons déjà cette Espagne où la sécheresse dévore trois récoltes sur sept ; où les paysans, convaincus que les chênes produisent les moineaux et les déchainent sur leurs blés, s'empressent d'abattre tout arbrisseau qui essaye d'élever ses rameaux timides dans le voisinage des champs. Cette guerre aux ombrages a été poussée, chez les Aragonais, jusqu'à détruire pendant cinq fois les promenades inoffensives de Saragosse.

« Il est impossible de quitter le territoire de Tudela sans donner un souvenir et presque un regret à cette domination arabe, qui avait répandu et organisé la fertilité la plus merveilleuse dans cette plaine de l'Èbre, où les taureaux sauvages vivent de nos jours au milieu de la plus désolante aridité. »

Des documents semblables n'ont pas besoin de commentaires.

Les soies gréges et ouvrées exposées à Bayonne étaient toutes remarquables de qualité et de filage ; mais, tout en rendant le plus parfait hommage aux exposants : M. Vernet, de Beaucaire ; M. Chervin, de Suze-la-Rousse ; MM. Gascou et Albrespy, de Montauban, et MM. Coudere et Soucaret, de la même ville, leurs soies ne nous ont pas paru supérieures

aux belles soies gréges présentées par l'Algérie.
Ces dernières peuvent aujourd'hui lutter avec
nos belles soies françaises : c'est notre avis,
et c'est, dit-on, aussi l'avis de la chambre de
Commerce de Lyon. Il est seulement fâcheux,
pour la production, que la maladie décime
si cruellement nos éducations africaines.

DEUXIÈME SECTION. — *Tissus et châles.* — Cette
section comprenait à Bayonne toutes espèces
de tissus : châles, couvertures, lainages, draperies et nouveautés, mérinos, reps, flanelles,
indiennes, étoffes teintes apprêtées, tissus
pour meubles, toiles à spadrilles et jusqu'à
des velours d'Utrecht.

L'examen des produits de la première section
nous a suffisamment renseigné sur la valeur
des matières premières et sur les provenances
que la fabrication doit préférer. C'est ainsi,
par exemple, que la fabrication espagnole qui
compte, dans cette section seule, huit exposants, ne saurait être comparée à la fabrication française.

Parmi les industriels français de cette
section qui ont envoyé leurs produits à
Bayonne, nous citerons spécialement MM. Bou-
tard et Lasalle, de Rohain, et plusieurs fabricants de Paris, M. Fort, de Saint-Jean-Pied-
de-Port, et M. Bailly, d'Oloron.

En fait de draperies et lainages-nouveautés, nous avons remarqué MM. Chenevière, de Louviers, Dautresme, de Rouen, Laporte, de Limoges, Mandoul, de Carcassonne, et Poret, de Sedan. Enfin nous mentionnerons une spécialité complétement inconnue à Paris : nous voulons parler des toiles destinées à la confection de l'empeigne des sandales ou spadrilles, chaussure communément portée par les habitants des Basses et Hautes-Pyrénées, et des Pyrénées occidentales, ainsi que dans toute l'Espagne septentrionale. Ces toiles sont plus ou moins fortes selon les chaussures à confectionner : aussi les pièces qui n'ont pas plus de 30 centimètres de largeur ont-elles de 50 à 80 mètres de longueur.

La toile à spadrilles avait été exposée à Bayonne par M. Ponsa de Bruges (Basses-Pyrénées).

TROISIÈME SECTION. — *Dentelles, bonneterie, broderie, lingerie, toilerie.* — L'insignifiance des produits composant cette section nous oblige à ne parler ici que de la toilerie et de la dentelle.

Une spécialité de la ville de Pau, préfecture du département des Basses-Pyrénées, est la toilerie damassée pour linge de table. Rien de plus admirablement confectionné, rien de

plus merveilleusement fabriqué, non-seulement au point de vue des dessins, mais encore
de la finesse, de l'élégance et du bon goût.
MM. Begué et Tournier, de Pau, damassent
aussi, dans le tissu damassé, des chiffres, des
écussons et des armoiries. Ces armoiries res-
semblent à de véritables broderies à la main et
sont lustrées par un nacrage du meilleur effet.
Le tout est d'un bon marché fabuleux.

Dans le même genre, il faut citer M. Blanc,
de Pau ; MM. Dupouy et Busquet, d'Hagetman ;
M. Laudet, de Jurançon, et ne pas oublier la
Société de Tejidos de Lino, de Renteria (Espagne).

Les toiles damassées ne doivent pas nous
faire oublier, non plus, la belle voilerie de
M. Bonnaire-Joubert, d'Angers, les belles et
vigoureuses toiles de coton et de fil de M. Hac-
que-Hainselin, d'Ansauvilliers, et de M. Pouchain, d'Armentières.

Quant à la dentelle, il faut d'abord citer
celle de M. Ferguson, de Paris, composée de
dentelles de camaïeu, de lama et de yack.

C'est à l'aide de la mécanique que M. Ferguson est arrivé à mettre, comme le disait en
1855 le jury international, « le luxe de la
dentelle à la portée de tout le monde. »

Cet habile industriel, qui est non-seulement

6

un excellent fabricant, mais qui est aussi
l'auteur de plusieurs ouvrages sur l'industrie
dentelière, disait en 1862, dans un opuscule
sur l'Exposition de Londres :

« Nous ne parlerons qu'en passant des dentelles d'Espagne, qui n'ont fait aucun progrès.
Quant à la dentelle d'Italie, elle se présente
dans les mêmes conditions, et si nous devons
juger de cette industrie par les échantillons
exposés, nous ne pouvons que déplorer sa décadence. Qu'il y a loin de ces guipures lourdes
et grossières aux fines dentelles que Gênes et Venise fournissaient aux élégantes du xvᵉsiècle! »

Or, à Bayonne, nous avons retrouvé dans
l'exposition de Mᵐᵉ Gandillot les guipures et les
dentelles perdues du xvᵉ siècle, quoique fabriquées aujourd'hui en France, dans les Vosges,
par de jeunes orphelines qui travaillent sous
l'habile direction de cette dame.

En contemplant la vitrine de cette expo-
sante, on aurait pu se croire à l'année de
grâce 1530.

C'est Colbert, en 1675 et 1682, qui, pour
encourager la fabrication des dentelles d'Alençon, prohiba la dentelle de Venise, et l'art en
fut bientôt perdu. Grâce à Mᵐᵉ Gandillot, nous
n'avons, dans ce genre, plus rien à envier au
xvᵉ siècle.

Il y avait aussi à Bayonne la vitrine de M. Patry, de Paris. La pièce capitale de cet exposant était une robe avec écharpe et mantille en point d'Alençon. Cette parure à laquelle deux mille ouvrières ont travaillé alternativement a exigé deux années de travail !

Cette robe n'a pas été fabriquée d'une seule pièce; elle se compose de trois cents morceaux qui ont été assemblés et raccrochés avec une rare perfection. On l'évalue à 60,000 fr.

Ce chef-d'œuvre de l'industrie dentelière n'est cependant qu'un prélude : c'est ainsi qu'il nous a été présenté un lé de robe en pur fil de lin, réunissant en un seul tout trois genres de dentelles riches : le point d'Alençon, le point d'Angleterre et le point de Venise. On assure que ce travail est une innovation.

QUATRIÈME SECTION. — *Vêtements confectionnés et articles divers.* — Cette section se composait des vêtements confectionnés, des fleurs, des cannes-parapluies et ombrelles et des ouvrages en passementerie. Malgré cette quantité d'objets divers, nous ne pouvons signaler dans ce groupe que les belles passementeries religieuses de l'ouvroir des Filles de la Croix, de Bayonne, et les broderies, or et argent, de MM. Truchy et Vaugeois, de Paris.

CINQUIÈME SECTION.—*Gants, chapellerie, four-*

rures et chaussures. — Rien de remarquable
en fait de ganterie ; des chapeaux d'hommes
très-ordinaires, des sombreros espagnols im-
possibles, des toques basquaises d'une excellente fabrication, mais qui ne sauraient sortir
de la localité pour se cosmopoliser ; pas de
chapeaux de femme, pas de fourrures, seulement une bonne chaussure courante : surtout
celle de Mme Haulon, de Bayonne ; de très-bel-
les, très-élégantes et très-coquettes chaussures
pour dames de M. Petit, de Paris ; enfin une
grande collection de spadrilles, sandales, al-
pargates, espargates, spartilles, espargatos,
ou espadrilla, comme on voudra les nommer, et selon les lieux de provenance.

L'Académie nationale comptait dix socié-
taires dans la classe des tissus et habillements :

MM. CARRIOL-BARON, frères, d'Angers. Laines
peignées, filasses teintes. — CARTIER-BRESSON,
de Paris. Cotons à coudre, à broder, à marquer et à tricoter. — FERGUSON, de Paris.
Dentelles à la mécanique. — FORT, de Saint-
Jean-Pied-de-Port. Couvertures de laine, pon-
chos. — GASCOU neveu et ALBRESPY, de Montauban. Soies gréges, toiles à bluter. — GUIGUET,
d'Arles. Toques, chapellerie. — HACQUE-HAIN-
SELIN, d'Ansauvilliers. Toiles de coton et de

lin, chemises, pantalons. — Pouchain, d'Armentières. Fils de lin, toiles. — Sajou, de Paris. Dessins de tapisserie. — Vernet frères, de Beaucaire. Soies grèges et ouvrées.

XII.

SIXIÈME CLASSE.

INDUSTRIE DES MÉTAUX ET MINES.

Comme pour la classe précédente, nous suivrons ici l'ordre du *Catalogue officiel* ou plutôt le désordre qui a présidé à la rédaction de cette pièce curieuse.

Première section. — *Minerais.* — Ici encore, peu de chose pour la France et surtout rien de radicalement nouveau ; nous signalerons cependant quelques bons produits, parmi lesquels nous choisirons de préférence les tourbes condensées de M. Challeton, de Brughat, les houilles agglomérées de M. Dehaynin, de Paris, le minium de fer de M. Cartier, et le soufre en bloc de M. Lajarrige, d'Apt.

Quant à l'Espagne, nous avons trouvé à Bayonne des documents précieux sur la production minière des provinces de la Navarre et de Séville, dont nous croyons devoir ici

6.

transcrire la nomenclature, parce que ces deux points occupent les limites extrêmes de la péninsule espagnole.

On trouve dans la Navarre : du zinc argentifère, du cuivre, de la calamine, du lignite, de la galène, de l'asphalte, du fer, du sulfure de mercure, des argiles manganésifères et du sulfate d'alumine hydraté.

On trouve à Saragosse des sels gemmes.

On trouve à Séville : de la houille, des schistes houillers, du lignite, de la plombagine, du soufre, du fer, de la calcédoine, différents calcaires, du cristal de roche, de l'amiante, du gypse, de l'argile à foulon, du manganèse, du granit, du mercure, de la galène, du fer magnétique, de l'hématite, de la calamine, du cuivre, de l'arsenic, du cinabre et de l'antimoine.

DEUXIÈME SECTION. — *Cuivre, fer, fonte, moulages, tôles et aciers.* — Cette section ne compte pas moins de soixante-cinq exposants, dont cinq Espagnols.

Le cuivre est peut-être, après le fer, le métal le plus anciennement connu ; on le rencontre en abondance dans tous les pays du monde ; seulement la gangue est plus ou moins riche et, par contre, l'exploitation est plus ou moins lucrative.

Le cuivre se lamine, s'emboutit et s'étire, et dans ces différents états on lui donne les formes les plus diverses, qui viennent s'approprier à nos besoins usuels. On en fait des clous, des rivets, des boulons, des marmites, des chaudrons, des casseroles, des appareils balnéaires, des ornementations d'église, des clichés pour la typographie, des tubes, des robinets, des fils dits de laiton, des cloches, des toiles métalliques, des épingles et mille autres objets. Tous ceux que nous venons d'énumérer figuraient à l'exposition de Bayonne.

Parmi ces expositions de cuivrerie qui méritent, à tous égards, d'être mentionnées, nous citerons : MM. Cazaubres, de Paris, et sa robinetterie; Belliard, de Bordeaux, ses clous rivets et boulons ; Capillery, de Lyon, et ses cuivres pour églises ; Coblence, de Paris, et ses clichés ; Cubain, de Verneuil, et ses magnifiques cuivres laminés et tréfilés ; Roulet, de Paris, et ses tubes de cuivre; Delage et Boudenot, d'Angoulême, et leurs fils de cuivre en laiton ; Mage, de Lyon, et ses merveilleuses toiles métalliques ; enfin, MM. Sargent et Joshua et leurs épingles.

On fait aujourd'hui avec le fer quantité d'objets domestiques, tels que batterie de cuisine en fer battu, porte-bouteilles, meubles de jardin, guéridons et tabourets, lits, balustrades, tubes et raccords, cordages pour les mines et armatures de câbles sous-marins.

Au nombre des exposants qui figuraient à Bayonne dans ce groupe, nous signalerons : MM. Carré, de Paris, et ses meubles de jardin ; Chambon-Lacroisade, de Paris, ses guéridons et tabourets ; Dubuisson, de Séville, et ses lits ; Ducros, de Paris, et ses balustrades en fer forgé ; Gandillot, de Paris, et ses tubes et raccords ; enfin, Mme Pieux-Aubert, de Clermont-Ferrand, et ses cordages métalliques, ainsi que ses armatures de câbles sous-marins.

Depuis plusieurs années on fabrique avec de la fonte plusieurs de ces objets, et à bien meilleur compte ; on obtient même avec ce métal des productions artistiques qui ne sauraient être obtenues avec le fer. Voici, du reste, les principaux spécimens qui figuraient à Bayonne dans la section des fontes :

Statues, fontaines monumentales, socles et fontes moulées, appareils balnéaires, portiques, balustrades et ustensiles de cuisine en fonte émaillée.

Parmi les exposants du groupe des fontes, nous nommerons : M. Ducel, de Paris, ses statues et fontes moulées ; M. Durenne, aussi de Paris, et ses fontes artistiques ; M. Dessens, de

Saint-Denis, et ses appareils balnéaires; enfin, M. Rogeat, de Lyon, et ses instruments de cuisine en fonte émaillée.

Il nous reste à citer quelques objets en zinc, tels que baignoires, lettres en relief, quelques tuyaux en plomb étamé, et les papiers métalliques en étain.

TROISIÈME SECTION. — *Coutellerie, quincaillerie, serrurerie, outils.* — Nous trouvons encore dans cette section quarante-sept exposants dont un Espagnol.

Nous avons lu quelque part que « la quincaillerie est le tonneau des petites Danaïdes » et qu'il était impossible d'énumérer les quantités d'objets qu'elle comporte; cela est un peu vrai, aussi la commission bayonnaise a-t-elle commis à son sujet, dans la distribution des produits et dans la rédaction de son catalogue, des erreurs incommensurables.

Dans cette section nous avons particulièrement, en fait de serrurerie, des coffres-forts. En ce genre d'industrie il y avait à Bayonne M. Fichet, de Paris, M. Bauche, de Gueux, M. Raoult, de Paris, MM. Sauve et Magaud, de Marseille, et enfin M. Petit-Jean, de Paris. Comme excellence d'exécution, M. Fichet, MM. Sauve et Magaud et M. Petit-Jean, marchent en première ligne. Les petits coffres-

forts de ce dernier exposant ont subi devant
le jury, au point de vue de leur incombustibi-
lité, une épreuve décisive.

Nous avons regretté de ne pas voir à
Bayonne les excellents coffre-forts à pêne-re-
volver de M. Lhermitte.

Nous avons également admiré les belles
scies de M. Galibert, de Paris, ainsi que celles
de M. Flament. Quant à la fabrication des ai-
guilles, M. Tailfer, de l'Aigle, conserve toujours le premier rang.

A Bayonne, la coutellerie avait pour représentants MM. Menière et Soanen, de Thiers,
M. Mareschal-Girard, de Nogent, et ses mer-
veilleux ciseaux, et M. Lemareschal de Ver-
sailles.

M. Lutz, de Paris, représentait à lui seul
la taillanderie fine. Voici comment s'exprimait le journal la *Halle aux cuirs* au sujet
de cet exposant :

« Cet habile industriel a exposé à Bayonne
une très-remarquable collection d'outils
pour tanneurs, corroyeurs, cambreurs, hon-
groyeurs, etc., et cette fabrication me paraît
mériter d'autant plus d'être signalée, que la
taillanderie de M. Lutz est irréprochable de
forme et de qualité. »

Il nous reste encore à mentionner les li-

mes de M. Pichot, de Paris, l'excellent choix
de quincaillerie de M. Tajan, de Bayonne, les
numérateurs infaillibles de M. Trouillet, de
Paris, et les tôles de M. Preiss, de Strasbourg.

Un mot sur cette dernière exposition.

L'industrie des estampés est très-considé-
rable en Prusse, et, pendant de longues années, nous avons été tributaires de nos voisins d'outre-Rhin. Il y a environ vingt ans, la
France a cherché à se soustraire à cette con-
tribution, et, en peu de temps, elle est arrivée à l'emporter au point de vue du goût,
mais non de la solidité. La maison Preiss
vient de résoudre cette seconde partie du problème, c'est au moins ce qui résulte de ce
que nous avons vu à Bayonne.

QUATRIÈME SECTION.—*Appareils pour le chauffage et l'éclairage.* —Dans les appareils d'éclairage nous n'avons à signaler aucune innovation, sinon quelques nouveaux modèles
exposés par la maison Goelzer, de Paris, qui
décidément ne connaît pas de rivale. Cependant, comme excellence de fabrication, nous
ajouterons au nom de M. Goesler ceux de
MM. Bouilly, de Bordeaux, et Chabrié, de Paris.

Au point de vue des appareils de chauffage,
il en est de même; rien de réellement neuf,
ou au moins des améliorations très-discuta-

bles, — à moins que quelques particularités
ne nous aient échappé, car, en fait d'appareils
de chauffage, la vue ne suffit pas, et des expli-
cations sont le plus souvent nécessaires. —
Pour nous, les bons appareils à signaler
sont ceux de M. Chambon-Lacroisade, de
Paris, appareils aussi économiques qu'hygié-
niques; les fourneaux de cuisine de M. Godin-
Lemaire, de Guise; les torréfacteurs de
M. Paris-Corroyer, d'Amiens, et les appareils
de chauffage en fonte émaillée de M. Rogeat,
de Lyon.

CINQUIÈME SECTION. — *Armes.* — C'est fâcheux
à déclarer, mais sur sept exposants français et
trois exposants espagnols dont se composait
cette section, nous n'avons rien à signaler,
sinon les mèches de mineurs de MM. Bickford, Dorey et Chanu, de Rouen. Mais, en
présence de l'électricité, qui porte son étin-
celle à des distances infinies, sous l'eau, dans
le vide ou dans l'air, que vont devenir les
mèches Bickford, Dorey et Chanu, sinon
une belle page de l'histoire ancienne de
l'industrie?

Dix-sept membres de l'Académie nationale
faisaient partie de la classe de l'industrie des
métaux et mines :

MM. BOUILLY, de Bordeaux. Lustres variés.—
CARRÉ, de Paris. Meubles de jardin en fer. —
CARTIER. Minium de fer. — CHALLETON de
BRUHGAT, de Montanger. Tourbe condensée.
— CHAMBON-LACROISADE, de Paris. Guéridons,
tabourets, boîtes et pelles à charbon en fer,
appareils de chauffage. — CUBAIN, de Verneuil. Cuivre laminé et tréfilé. — GOELZER,
de Paris. Appareils à gaz, lustres, bon goût
et solidité. — LUTZ, de Paris. Instruments de
fine taillanderie. Spécialité pour cuirs. —
MAGE, de Lyon. Tissus métalliques. — MARES-
CHAL-GIRARD, de Nogent. Coutellerie. Spécialité de ciseaux riches. — MORIN, de Paris.
Lettres de plaques indicatives en zinc. — PE-
TIT-JEAN, de Paris. Coffres-forts incrochetables
et incombustibles. — PREISS, de Strasbourg.
Tôles vernies. — ROGEAT, de Lyon. Appareils
divers en fonte émaillée, appareils de chauffage. — SAUVE et MAGAUD, de Marseille. Coffres-forts d'une grande perfection. — TAJAN,
de Bayonne. Quincaillerie et outils. Variété.
Excellente qualité. — TROUILLET, de Paris, Nu-
méroteurs mécaniques.

7

XIII.

SEPTIÈME CLASSE.

MÉCANIQUE.

Nous avons encore ici une rude tâche à remplir, un immense cercle à parcourir; mais, fidèle à nos principes, nous ne signalerons que les choses nouvelles et les excellences de fabrication déjà connues. En dehors de ces deux points, nous garderons le silence.

De plus, en présence des six sections dont se compose la septième classe, nous suivrons toujours l'incompréhensible division du catalogue.

PREMIÈRE SECTION. — *Appareils de mesurage.* — En employant, comme nous venons de le faire, et comme nous l'avons déjà fait plusieurs fois en parlant du catalogue, le mot *incompréhensible*, qu'on ne croie pas que ce soit un parti pris de notre part; mais un catalogue bien fait est une question capitale pour une exposition quelconque. — Ce catalogue est un guide : or, si ce guide vous fait défaut ou s'il vous égare, on a bien le droit de s'en

plaindre. — Et les erreurs du catalogue de
Bayonne étaient de nature à embarrasser
énormément le visiteur et le publiciste.

Afin de donner une juste idée des fautes com-
mises sur ce malencontreux document, nous
pouvons affirmer que sur 1,074 exposants, selon le premier catalogue, ou 1,052 selon le second, nous avons constaté plusieurs centaines
d'erreurs, sans préjudice des fautes typographiques.

Un exemple n'est pas ici sans à-propos.

M. Normand, du Havre, exposait une machine semi-locomobile à deux cylindres de la
force nominale de vingt chevaux et effective
de 40; machine adhérente au générateur fonc-
tionnant à condensateur à double détente et à
vapeur réchauffée. Cette locomobile était destinée à mettre en mouvement la transmission
chargée de faire fonctionner toutes les machines; par ce seul fait, elle avait donc de
l'importance. Eh bien, elle ne fut pas inscrite
sur le premier catalogue, et à la deuxième
édition, elle fut classée parmi les instruments
de pesage!!!

Faut-il le dire, puisque nous en sommes
aux récriminations? on n'a pas agi avec
plus de discernement *ailleurs :* toujours un
exemple :

Nous avons cité, dans la sixième classe, le nom de M. Mage, de Lyon, fabricant de toiles métalliques, qu'il brode à l'aide de fils métalliques de couleur, par l'emploi direct du métier Jacquard. En 1855, M. Mage était nommé par l'Empereur chevalier de la Légion d'honneur, pour la merveilleuse industrie dont il est le chef; il recevait, en outre, la médaille de première classe. En 1862, à Londres, on lui décernait la médaille. Et à Bayonne, en 1864, on lui a décerné.... une mention honorable!

O vous qui avez conquis les premières palmes de l'industrie, fiez-vous donc aux expositions secondaires!

Mais revenons aux appareils de mesurage.

Nous avons remarqué, dans cette section, une machine à peser les tablettes de chocolat, c'est-à-dire à diviser mathématiquement la pâte, avant son entrée dans les moules, de M. Méric, de Madrid. Cette machine, disons-le, n'est pas de son invention, mais il y a apporté de notables perfectionnements. Elle fait merveille entre ses mains.

Nous mentionnerons aussi, mais seulement comme perfection de fabrication, les appareils de pesage de M. Sagner, de Montpellier.

Deuxième section. — *Machines à vapeur.* — Nous ne reviendrons pas sur celle de M. Normand, bien qu'elle mérite, comme nouveauté mécanique, nos plus sincères éloges.

Quant aux quatorze autres machines exposées, comme nous ne pouvons les envisager qu'au point de vue de leur parfaite construction et de leur puissance, par rapport à leur consommation, nous nous contenterons de signaler celles qui, d'après le Jury, ont le mieux fonctionné. Nous disons: d'après le Jury, car il faut rendre à César ce qui lui appartient, et le jury des machines à vapeur a agi avec la plus admirable régularité. Nous l'affirmons en toute connaissance de cause, car nous avons suivi toutes les expériences au frein, qui ont toutes été faites publiquement.

En première ligne : M. Normand, du Havre. — M. Durenne, de Courbevoie. —

En seconde ligne : M. Renaud, de Nantes, — non porté au catalogue, — M. Lotz, de Nantes, et M. Albaret, de Paris.

En troisième ligne : M. Bonnet, de Toulouse.

En quatrième ligne : M. Calla, de Paris, M. Fragneau, de Bordeaux.

Dans la même section nous avons trouvé

l'excellente machine à fabriquer les briques, de M. Casenave, de Paris, et celle de M. Dumarchey, pour le cassage des pierres; cette dernière nous paraît susceptible d'être modifiée dans plusieurs de ses parties.

TROISIÈME SECTION. — *Machines hydrauliques et ventilateurs.* — Parmi les dix-sept exposants composant cette section, nous signalerons deux nouveautés : la turbine de 15 chevaux, de M. Bonnet, de Toulouse, et la pompe de notre collègue M. Aubry, dont nous avons eu occasion de parler dans plusieurs numéros de nos annales.

La turbine Bonnet a une chute de 5 mètres 50 centimètres, elle est à réservoir d'eau forcée et donne un effet utile de 70 pour 100.

Comme excellence de fabrication, il nous reste à mentionner les pompes Letestu, de Paris, et celle à incendie de M. Thierry, également de Paris.

QUATRIÈME SECTION. — *Carrosserie et matériel de chemins de fer.* — A Bayonne, le croirait-on? nous avons compté 42 voitures représentées par 16 exposants, dont 7 de Paris, 4 de Toulouse, 3 de Bordeaux et 2 de Périgueux. Toutes ces voitures sont généralement bien faites, élégantes et coquettes, ne laissant rien

à désirer au point de vue du montage et de la
suspension des coffres. Mais, malgré tout, nous
dirons qu'il est toujours facile de reconnaître
une voiture parisienne d'avec une voiture faite
ailleurs. Nous expliquons cette différence
de fabrication par les exigences des localités.
A Paris, une voiture ne sort pas de l'enceinte
fortifiée, et le carrossier connaît les voies
qu'elle doit parcourir. En province, il n'en est
pas de même, la voiture sort de la ville, va
au château voisin, traverse, surtout en hiver,
des chemins plus ou moins effondrés, plus ou
moins cahoteux ; c'est pourquoi les jantes
sont généralement plus larges, les essieux plus
forts, les capotes plus amples et plus renflées,
afin sans doute de permettre au voyageur de
se mettre à son aise et de se couvrir *ad libi-
tum* de manteaux et de douillettes. Les siéges
sont plus larges, car on est susceptible de faire
de longues courses sans se reposer, etc. ., et
voilà pourquoi les voitures de Paris ont un
cachet que d'autres voitures ne sauraient
avoir.

En fait de nouveautés, nous mentionnerons
une voiture pour malades, de M. Sargent, de
Paris, dont nous avons déjà parlé dans nos
précédents bulletins. Ce véhicule d'un nouveau genre se monte et se démonte selon

le besoin avec la spontanéité d'un truc de théâtre. Nous signalerons également, bien que *placée au catalogue* dans la classe des minerais, une charmante voiture découverte, en fil de fer, de M. Barès, de Toulouse, pouvant contenir à l'aise deux personnes. Ce tilbury très-élégant et, qui plus est, très-solide, était coté 100 francs; ce chiffre mérite la peine d'être cité.

Comme fabrication perfectionnée il nous est facile de citer des noms connus, tels que ceux de MM. Moussard, Belvalette, Delaye, Lécuyer, etc., sans oublier les objets de sellerie, aussi solides qu'élégants, de la maison Cogent, de Metz.

Il nous reste, dans cette section, à parler des ressorts pour carrosserie et chemins de fer, et nous nous empressons de citer ceux de M. Verdié, de Firminy, de M. Martin, de Sireuil-Ruffec, et de M. Frémont, de Paris. Quant à la charronnerie proprement dite, nous nommerons MM. Colas, Delongueil et Communay, de Courbevoie, et leurs roues et pièces détachées pour carrosserie.

CINQUIÈME SECTION. — *Machines diverses.* — Cette section est chargée, car elle ne compte pas moins de 59 exposants.

Nous ne saurions, sans nous écarter de notre

plan et sans nous exposer à des redites inutiles et fastidieuses, étudier ces 59 expositions ; mais plusieurs de ces machines présentent quelques dispositions nouvelles ; ce sont celles-là qui doivent particulièrement fixer notre attention.

Nous signalerons donc le système d'encrage de la presse typographique de M. Alauzet, de Paris ; la réglure des registres de M. Bauchet-Verlinde, de Lille, et particulièrement celle exposée à Bayonne, qui est montée dans sa partie mécanique avec des chaînes en cuivre de Vaucanson et qui est munie d'un appareil sécheur ; les belles machines-outils de MM. Bernier et Arbey, de Paris, dont plusieurs ont subi, dans différentes parties, quelques utiles perfectionnements ; la riche série des machines à coudre de M. Callebaut, de Paris; l'intéressant appareil de M. Chalopin, pour le bouchage des bouteilles ; le mécanisme destiné à mouvoir les balanciers, de M. Chéret, de Paris, appareil dont nous avons déjà parlé en 1862, lors de l'exposition de Londres ; le moulin ramasseur et tamiseur pour plâtre et terres de fonderie, de M. F.-L. Fauconnier, de Paris; les belles forges portatives de M. Enfer, aussi de Paris ; le moteur Lenoir où machine motrice qui a pour base la combinaison du gaz hydrogène, de l'air et de l'électricité ; enfin les beaux métiers à tisser de M. Lacroix, de Rouen.

Nous trouvons également dans cette classe une très-intelligente machine propre à la fabrication des allumettes-bougies, de M. Mugica, de Saint-Sébastien. Cette machine a réellement sa raison d'être dans le midi de la France et en Espagne, où l'on ne fait exclusivement usage que de ce genre d'allumettes.

Dans cette section, la commission bayonnaise a classé, nous ne savons pourquoi, les glacières italiennes de M. Toselli, de Paris, glacières qui eussent dû plutôt faire partie du groupe des machines destinées à la préparation des substances alimentaires.

Cette nomenclature, nous ne l'ignorons pas, est bien insignifiante, mais elle résume les objets les plus importants de la cinquième section. Nous n'oublions pas non plus que toutes ces machines ont été étudiées par nous lors de l'exposition de 1862, mais elles résument trop bien les efforts de nos industriels en faveur de l'exposition franco-espagnole pour que nous omettions de les signaler.

SIXIÈME SECTION. — *Meules.* — Il existe particulièrement en France un oxyde de silicium connu vulgairement sous le nom de pierre meulière et désigné par Pline sous celui de *lapis molaris*. Cette pierre a une cristallisation cellulaire ou molaire ; sa densité est telle qu'elle lui permet de supporter des frottements énergiques et prolongés sans que ses aspérités poreuses s'amoindrissent. Ce sont ces mêmes aspérités qui viennent en aide à la trituration des substances avec lesquelles on les met en contact, lorsque la meule est agitée par un rapide mouvement de rotation.

Mais il faut pour faire une bonne meule que les aspérités aient une certaine direction, et comme aujourd'hui on fait des meules de plusieurs pièces et que la pièce du centre désignée sous le nom de boitard s'use moins vite que celles de la circonférence, il est nécessaire que celles-ci présentent des aspérités et des angles plus aigus. De ce choix et de cette distribution intelligente dépend la science du fabricant.

Mais il ne suffit pas que le fabricant connaisse, il faut aussi qu'il ait à sa disposition des carrières capables de pouvoir lui fournir les matériaux dont il a besoin, et c'est pourquoi toutes les nations sont tributaires de la France. Les meilleurs boitards, par exemple, sont ceux qu'on extrait des carrières d'Épernon, les meilleures pierres de la circonférence sont celles qu'on extrait des carrières de la Ferté-sous-Jouarre. Mais d'autres localités fournissent également en France d'excellents matériaux. C'est ainsi qu'on en trouve à Sarlat, à Cinq-Mars, dans l'Indre-et-Loire; à Libourne, dans la Gironde; à Blois, dans le Loir-et-Cher, et dans les Basses-Pyrénées.

L'Académie nationale était représentée par 20 membres dans la classe de la mécanique :

MM. BAUCHET-VERLINDE. Machine à régler. — BRISGAULT. Meules. — CALLEBAUT. Machines à coudre. — CASENAVE. Machine à fabriquer les briques. — CHALOPIN. Machine à boucher les bouteilles. — COGENT. Objets de sellerie. — DROUX. Modèles d'appareils pour stéarinerie. — ENFER. Forges portatives. — FAUCONNIER. Moulin ramasseur. — GAILLARD, PETIT et HALBOU. Meules. — GILQUIN. Meules. — JEANNIN frères. Pompes. — LACROIX. Métiers à tisser. — MERIC, de Madrid. Machine à peser le chocolat. — MESNET. Meules. — MOUSSARD. Voitures. — ROGER. Meules. — SARGENT. Coupé, voiture de malades. — TOSELLI. Glacière italienne, cafetière locomotive, brûloir. — VERDIÉ. Ressorts pour carrosserie et chemins de fer, bandages, etc.

XIV.

HUITIÈME CLASSE.

MÉDECINE, HISTOIRE NATURELLE, ENSEIGNEMENT, SCIENCES.

Cette classe était la plus pauvre de toute l'Exposition franco-espagnole : sur 24 exposants portés au catalogue, quatre ont fait défaut, ce qui réduit à vingt le nombre des représentants de ce groupe.

La classe de médecine ne contenait que quelques produits pharmaceutiques d'une médiocre importance, et qui paraissaient assez étonnés de se trouver là.... Nous en excepterons cependant une belle collection de produits pharmaceutiques et d'appareils applicables à la chirurgie de M. Leperdriel, de Paris; les produits sels, pastilles et eaux de la société anonyme de la Compagnie de Vichy, ainsi que les échantillons d'eau sulfureuse de Labassère, de Bagnères-de-Bigorre, dont l'efficacité est incontestable dans les maladies des voies respiratoires et dans les maladies de la peau.

En fait de prothèse dentaire, et en l'absence regrettable de M. Préterre, de Paris, un seul exposant mérite réellement d'être nommé :

c'est M. Moulis, de Bayonne. Nous signalerons
dans cette exposition, parmi les nombreux
spécimens qui la composaient, trois appareils
très-intéressants. Le premier est applicable au
bec de lièvre compliqué de division de la
voûte palatine ; cette pièce réunit à l'obturateur deux dents supplémentaires ; le second
est un obturateur pour perforation de la voûte
palatine et perte d'une partie du maxillaire
supérieur gauche chez une jeune fille de
quinze ans ; et le troisième est un exemple
de ressection de toute la partie du maxillaire inférieur, comprise entre la dent canine
du côté gauche et la dernière grosse molaire
du côté droit. Cet appareil a pour but la restauration de la partie d'os reséquée et le ré-
tablissement de l'arcade dentaire inférieure.

Enfin, parmi les élixirs, opiats, poudres
dentifrices qui figuraient à l'Exposition de
Bayonne, nous donnerons la préférence à l'o-
piat et à l'élixir dentifrice de M. Maillet, de
Bordeaux, car, connaissant leur composition,
nous pouvons assurer que, tout en conservant
la blancheur des dents, tout en préservant des
maladies locales de la bouche, ils ont une parfaite innocuité sur les tissus de la cavité buc-
cale et sur l'émail dentaire.

Si maintenant nous admettons une excep-

tion en faveur des cartes murales de la France
et des plans en relief géographiques de
M. Sanis, de Paris, le reste ne présente réellement rien de nouveau ou de bien intéressant.

Nous comptions dans la classe de médecine,
histoire naturelle, enseignement et sciences,
trois de nos collègues :

MM. LEPERDRIEL, de Paris. Produits pharmaceutiques et articles applicables à la chirurgie.
— MAILLET, de Bordeaux. Prothèse dentaire.—
SANIS, de Paris. Plans en relief et cartes géographiques.

XV.

NEUVIÈME CLASSE.

ARTS CHIMIQUES.

Voici une classe relativement considérable,
car elle ne comprenait pas moins de 121 exposants dont 21 Espagnols.

La pharmacie, la thérapeutique, l'hygiène
et l'économie, ont fait de nombreux emprunts
à la chimie. Grâce à cette science, les sels
d'or, de platine, d'iode, ont remplacé les sels
mercuriels, qui engendraient jadis des maladies incurables. A leur tour, les sels mercu-

riels sont devenus assimilables. La chimie a
mis à nu les principes actifs des minéraux et
des plantes et a fourni à l'art de guérir de
précieux éléments. Grâce à elle encore, on est
parvenu à extraire des entrailles du sol des
couleurs dont l'art de la teinture s'est précieu-
sement emparé; c'est enfin à cette science
que l'on doit le chloroforme qui paralyse les
douleurs et rend faciles les opérations les plus
redoutables, les plus douloureuses.

Depuis 1815, que ne doit-on pas à la chimie!
C'est elle qui nous a donné l'iode, le brome,
le sodium, la production et la réaction du courant électrique, l'aluminium et une foule
d'autres corps aussi précieux.

PREMIÈRE SECTION. — *Produits chimiques,
sels.* — Malgré nos plus minutieuses investiga-
tions, il nous a été impossible de trouver dans
cette première section un corps nouveau ou
une substance nouvelle, ou bien encore une
application qui ne s'était pas encore pro-
duite. On nous a cependant assuré que
MM. Garin, Guilleminet et Bertaud, fabricants
de produits chimiques à Paris, avaient trouvé
le nitrate d'argent neutre, qui, sans perdre ses
facultés photographiques, avait l'avantage de
ne pas brûler les chairs des expérimenta-
teurs lorsque ceux-ci étaient forcés d'y tou-

cher. Mais la vitrine était fermée, le représentant continuellement absent, si bien que nous n'avons pu nous assurer de la véracité du fait.

Cette section était cependant riche en industriels du premier mérite, mais nous sommes encore si près de 1862, qu'à vrai dire il n'est peut-être pas étonnant qu'il ne se soit rien produit de nouveau depuis cette dernière époque. L'industrie chimique est lente dans sa marche et il faut du temps aux découvertes pour se produire.

Citons néanmoins, pour prouver la valeur intrinsèque des exposants français à Bayonne, les noms de M. Kuhlmann, de Lille-Villefranque, ses produits chimiques et leurs belles applications; M. Desespringalle, de Lille, ses produits dérivés de l'alcool et du goudron et ses sels de cadmium; M. Dornemann, également de Lille, et ses beaux bleus et verts d'outre-mer; M. Latry, de Paris, et ses blancs de zinc; MM. Laurent et Cathelaz, leurs produits chimiques et pharmaceutiques ainsi que leurs substances destinées aux opérations photographiques; M. Steinbach, de Rouen, et ses amidons et gommes factices pour impressions sur étoffes et pour apprêt des tissus; enfin, M. Burdel, de Paris, et son eau pour la revivi-

fication et le nettoyage des draps, dont nous
faisons usage depuis longtemps nous-même
avec tant de succès.

DEUXIÈME SECTION. — *Corps gras, savons,
parfumerie.* —Le groupe des savons et particulièrement ceux de Marseille faisaient défaut.
Quant aux innovations, nous n'avons pu en
constater aucune.

Il n'en est pas de même quant à la perfection des produits : ceux-ci étaient particulièrement représentés par la paraffine, les
bougies et les huiles de MM. Cognet et Maré-
chal, de Nanterre, par les acides stéarique et
oléique, les bougies blanches et décorées, et les
savons de M. Cusinberche, de Clichy-la-Ga-
renne. Enfin, en fait de parfumerie, nous
citerons un nom : celui de M. Delabrière-Vin-
cent, de Paris.

TROISIÈME SECTION. — *Résines et dérivés.* —
Les produits rangés dans cette section ne méritent réellement pas la peine d'être cités, surtout en présence de la magnifique exposition
de la Société d'agriculture du département des
Landes, qui présentait une complète monographie industrielle et commerciale du pin
maritime. Cette monographie comprenait :
l'arbre, ses produits et les instruments d'exploitation. Ici ce sont les produits seuls qui

doivent nous intéresser : aussi croyons-nous
en devoir donner une brève nomenclature :

Gemme, ou résine molle, galipot, térébenthine, essence de térébenthine, colophane,
arcanson, brai, résine jaune, huile pyrogénée
de résine, huile éthérée de résine, huile épu-
rée de résine, huile à graisser, huile de résine
déféquée, huile de résine verte, naphthaline,
paraffine, graisse à base de résine, poix noire,
goudron, créosote, benzine, huile de goudron, brai gras.

QUATRIÈME SECTION. — *Couleurs, encres, cirages, vernis.* — Cette section renferme des
produits d'une application éminemment pratique. Nous ne signalerons que les plus remarquables.

Nous mentionnerons d'abord les excellentes couleurs non vénéneuses de MM. Duret
et Bourgeois, de Paris, ainsi que les encres
noires et de couleur pour la typographie et
la lithographie, de M. Lefranc, de Grenelle.

Pour les encres et cirages, nous recommanderons les produits de la maison Chevènement,
de Bordeaux.

Nous devons également mentionner les vernis métalliques de M. Dupont, de Cherbourg,
vernis destinés à préserver les métaux de l'oxy-

dation et les bois de la pourriture, et qui sont en ce moment soumis à de rudes et décisives épreuves par plusieurs compagnies de chemins de fer.

Quant aux vernis spécialement destinés à la peinture, ils étaient, nous a-t-on assuré, dans les meilleures conditions. En ce genre, la France a le monopole, comme l'Angleterre a le monopole des vernis de voiture, comme l'Allemagne a celui des vernis destinés aux chaussures et à la sellerie... monopoles sérieusement menacés.

CINQUIÈME SECTION. — *Cuirs et peaux.* — L'espace va nous manquer pour passer en revue les vingt-huit exposants de cette classe et discuter la valeur intrinsèque de chacun. Puis les cuirs présentent une *spécialité* si *spéciale,* que pour bien les juger il faut réellement être un homme du métier.

Ceci posé, nous préférons prendre directement les appréciations de notre confrère le journal la *Halle aux cuirs,* qui établit ainsi qu'il suit le bilan de cette industrie à l'Exposition franco-espagnole :

« *Espagne :* L'exposition la plus belle et la plus complète est celle de M. Bidard, à Haro, puis celle de M. Etcheverria, de Betanzas, province de la Corogne, non-seulement pour le travail de la tannerie et de la corroierie, mais aussi pour les veaux cirés.

« *France :* M. Courtois, de Paris, tient toujours le premier rang pour ses cuirs vernis ; et M. Trempé, aussi de Paris, pour ses peaux de chevreau en couleur, bronzées, mordorées, chagrinées et maroquinées. Viennent ensuite, également de Paris, M. Poulain-Beurrier, ses cuirs pour courroies, ses croupons blancs de vache, ses vachettes pour sellerie et ses veaux pour filature, cordes et vernis ; M. Fortier-Beaulieu, ses cuirs pour sellerie et sa spécialité pour la préparation des peaux de porc. »

En province, le même journal s'étend longuement sur les expositions de Mme veuve Marast, de Mont-de-Marsan, de M. Latouche-Roger, d'Avranches, de M. Legal, de Châteaubriant, et surtout sur les excellents produits de M. Corniquel, de Vannes. Voici, au sujet de ce dernier exposant, comment il s'exprime :

« Une bonne et consciencieuse exposition est celle de M. Corniquel, de Vannes (Morbihan). Elle se compose de côtes de vache pour semelles, de veaux blancs et cirés, d'un excellent maniement et d'une souplesse uniforme. »

SIXIÈME SECTION. — *Verrerie, faïence, porcelaine.* —Nous ne saurions trop dire pourquoi

on a placé les verreries, faïences et porcelaines
avec les peaux, les encres et le cirage.... sous
prétexte, sans doute, que la chimie avait fait
faire d'immenses progrès à la céramique. Nous
ne nions pas le fait, mais les Chinois, qui ne
sont pas très-forts en chimie, le sont excessivement en céramique, et lorsque la fabrication saxonne était dans toute sa splendeur,
la chimie de l'époque était loin d'être une
science aussi exacte que la chimie moderne.

Inconnu au milieu des visiteurs, nous nous
sommes permis de poser la question à un
monsieur qu'on nous a signalé comme étant
quelque chose. — « Monsieur, nous fut-il
répondu, on peint, on vernit, on dore la
porcelaine, la faïence et la verrerie : aussi
a-t-on cru devoir placer la céramique à côté
des couleurs et des vernis. » Devant une réponse aussi mathématique, nous avons cru
devoir nous incliner...

Mais revenons aux porcelaines.

Celles-ci étaient en assez grand nombre et
formaient particulièrement cinq magnifiques
groupes. En entrant dans la salle d'honneur,
les regards étaient tout d'abord frappés de
la belle exposition de M. Vieillard, de Bordeaux, exposition composée, comme à Londres, d'objets usuels, de faïences blanches et

imprimées, de porcelaines dures, blanches et
décorées ; d'objets de fantaisie de faïence et
de porcelaine ; de porcelaines décorées par la
chromolithographie, puis, comme matières
premières, de briques refractaires, de kaolin,
et de magnifiques blocs de feldspath.

En tournant dans la galerie de droite, on
rencontrait immédiatement la splendide exposition de M. Pikmann, de Séville. Cet industriel est un homme à qui l'Espagne doit
de sincères éloges, car son nom indique assez
qu'il n'appartient pas au pays ; et c'est peut-
être bien aussi pour cela que M. Pikmann a
su réunir autour de lui les éléments d'une
excellente fabrication qui le font aujourd'hui
le plus grand céramiste de la péninsule ibérique.

A gauche du salon d'honneur se trouvait
une autre galerie, dans laquelle on avait in-
stallé le groupe de porcelaines de M. Ardant,
de Limoges. Mais, n'en déplaise aux amateurs d'objets de fantaisie, nous préférons ses
bons services de table et sa marchandise courante à ses vases et à ses statuettes.

A côté de M. Ardant était M. Lebourg, de
Paris, le grand faiseur de porcelaines imita-
tives, Chine et Japon. Vus séparément, ses
vases font illusion, et l'on pourrait réellement

s'y tromper; mais, jugés en masse, on reconnaît aux dessins la fabrication régulière des manufactures françaises, où tout se fait dans le même moule et où l'on épuise les modèles jusqu'à satiété.

Si, maintenant, nous revenons dans le salon d'honneur, pour pénétrer dans la salle des beaux-arts, et si nous tournons à droite, nous arrivons à l'extrémité d'une petite galerie basse, au bout de laquelle nous trouvons le groupe de M. Brianchon, de Paris, groupe composé de porcelaines décorées au moyen d'émaux, imitant les nacres colorées, l'ivoire et l'émeraude. Certes, si une exposition méritait, à plus d'un titre, d'être placée dans la section des poteries artistiques, c'était bien celle de M. Brianchon.

Comme on le voit, la porcelaine était un peu partout ; il y en avait dans la section des tissus, des fontes, des meubles, des bronzes d'art, de l'orfévrerie et de la bimbeloterie.

Trois autres expositions résumaient les verres à bouteille, les bonbonnes et les verres à vitres : c'étaient celles de M. Houtard, de Lourches (Nord), de M. Millet-Bricourt, de Mamères, près Cambrai, et enfin de la société anonyme de Penchot, département de l'Aveyron.

Maintenant, puisqu'on a *catalogué* la poudre
insecticide VICAT dans la première section des
produits chimiques, et bien que nous ne
l'ayons pas vue, donnons-lui un souvenir,
et affirmons que cette poudre, décidément
parfaite, nous a rendu d'immenses services
pendant notre voyage en Espagne !.... Voyageurs dans la péninsule ibérique... ne l'ou-
bliez pas! car vous en aurez besoin pour vous
défendre contre les *grosses* et les *petites*..., bien
qu'on dise là-bas qu'il n'y en a plus de *petites*
parce que les *grosses* les ont mangées.

Dix membres de l'Académie nationale figuraient dans la classe des arts chimiques:

MM. BURDEL, de Paris. Eau pour la revivifi-
cation et le nettoyage des draps. — CHEVÈNE-
MENT, de Bordeaux. Encres et cirages. — COR-
NIQUEL, de Vannes. Cuirs tannés et corroyés.
— COURTOIS, de Paris. Cuirs et veaux vernis.
— DESESPRINGALLE et MOREAU, de Marquette-
lez-Lille. Produits dérivés de l'alcool et du
goudron. — DUPONT, de Cherbourg. Vernis
métallique. — LAURENT et CATHELAZ, d'Au-
bervilliers. Produits chimiques, produits pour
la photographie. — PICKMANN, de Séville. Produits céramiques. — STEINBACH, du Petit Que-
villy, près Rouen. Amidon et gommes factices

8

pour impressions et apprêts d'étoffes. — VICAT, de Paris, et sa fameuse poudre insecticide.

XVI.

DIXIÈME CLASSE.

CONSERVES ALIMENTAIRES.

La nourriture suit les habitudes traditionnelles des nations ; elle varie de forme selon les localités. Le montagnard ne se nourrit pas comme l'habitant de la plaine ; la nourriture du citadin est tout autre que celle du paysan. Malgré ces différentes alimentations, il faut que le corps humain, sous une forme ou sous une autre, absorbe régulièrement une quantité de nourriture contenant en principe la somme des éléments qu'il perd par la respiration et les sécrétions, sans préjudice de ceux qui servent à augmenter le volume de ses organes, tant qu'il n'a pas atteint l'apogée de sa croissance.

La vie n'est possible qu'à la condition d'une absorption continue d'oxygène, d'azote et de carbone. L'oxygène est fourni à l'organisme par la respiration à raison d'un kilogramme par jour. Quant à l'azote et au carbone, ils sont directement fournis par l'alimentation.

Or, la respiration et les excrétions font perdre en vingt-quatre heures 310 grammes de carbone et 130 grammes d'azote. Il faut donc que l'alimentation remplace ces quantités, et cela de manière à ce qu'il y ait équilibre exact dans l'absorption de ces deux principes. Partant de ces données physiologiques, on a reconnu que la ration normale d'un homme en bonne santé devait être de 1,000 grammes de pain par jour et de 286 grammes de viande, parce que ces proportions fournissent exactement 130,26 grammes de substances azotées et 331,46 grammes de carbone. La science de la conservation ou de la production des substances alimentaires doit donc avoir pour objet de rester dans les limites des chiffres que nous venons de poser et de ne pas présenter aux exigences de l'alimentation des principes desquels on aurait fait disparaître la base essentielle des substances assimilables.

La conservation des substances alimentaires repose sur ce principe : c'est qu'aussitôt que la vie a cessé chez un animal ou chez une plante, ceux-ci tendent à se décomposer et à rentrer sous la puissance des lois chimiques.

Pour conserver n'importe quelle substance
organisée, il suffit de la préserver du contact de l'air, de la garantir de l'humidité,
d'empêcher l'action du calorique sur elle-
même, enfin de l'imprégner de substances
antiseptiques.

Voyons, quant à la conservation des substances alimentaires et à leur préparation,
ce que Bayonne présentait d'intéressant.

On range habituellement dans le groupe des
substances alimentaires les liqueurs, c'est-à-
dire les alcools, additionnés de sucre et aro-
matisés par une substance végétale quelconque. Parmi les nombreux spécimens exposés, nous n'avons qu'à signaler les excellentes
eaux-de-vie d'Hendaye, un produit du pays
et qui mérite les justes éloges de tous les
gourmets. Les exposants de liqueurs étaient
au nombre de 34. On y distinguait M. Angelo
Bolognesi, de Saumur.

Parmi les échantillons de viande conservée,
nous mentionnerons particulièrement de magnifiques jambons, exposés par M. Duclos,
de Bayonne, des conserves d'ortolans de
M. Getten, de Peyrehorade, département des
Landes, et les pâtés de foie gras, d'oie et de
canard, exposés par plusieurs maisons en
renom.

Venait ensuite le groupe des légumes conservés, représenté par M. Chollet, de Paris.
Cette belle industrie, qui a déjà rendu d'immenses services à la marine et à l'armée,
repose sur la dessiccation et la compression
des légumes de toutes sortes.

Nous avons retrouvé, à Bayonne, parmi les
produits exposés par la maison Chollet, les
tablettes à potage de notre collègue M. Gremailly.

Ces tablettes, devenues si populaires, sont
assurément une fort bonne chose, surtout en
voyage.

Emporter sous un très-petit volume les éléments d'un excellent potage et n'avoir besoin
pour les utiliser que d'un peu d'eau chaude,
n'est-ce pas avoir résolu un problème ali-
mentaire d'un grand intérêt?

Cette petite tablette de cinq centimes fera
le tour du monde!

M. Gremailly est un homme actif et intelligent par excellence. On lui doit déjà d'importants services dans la grave question de l'alimentation publique.

Aujourd'hui, M. Gremailly a quitté la Côte-
d'Or pour la Gironde, et sans renoncer à ses
travaux de prédilection, il a pris la direction
d'un des principaux hôtels de Bordeaux.

8.

C'est merveille de voir l'organisation qu'il a su donner à ce vaste établissement, qui se nomme l'*Hôtel des Princes et de la Paix*. Nous n'avons rencontré nulle part autant d'ordre et de confortable réunis à une plus grande modération de prix.

C'est de l'hospitalité.

Et pourquoi n'ajouterions-nous pas qu'en produisant le titre de membre de l'Académie nationale on est reçu à l'hôtel des Princes comme au milieu d'une famille?

Honneur et remercîments à notre excellent collègue M. Gremailly, pour avoir compris et interprété de la sorte l'esprit d'union et de fraternité qui règne dans notre grande institution !

Nous ne devons pas oublier les conserves légumières obtenues par le procédé Appert, dont plusieurs maisons du Midi ont le monopole.

A côté des conserves de légumes se placent les pâtes et farines alimentaires dont M. Groult, de Paris, est le digne représentant. Cette exposition se composait de farines de châtaignes, de pois, de fèves, de lentilles et de haricots ; de farines potagères pour julienne, de semoules de riz, d'orge, d'avoine, de maïs ; de chapelure de pomme de terre ; de riz chochina; parmentine; vermicelles; de gruau; tapioca, sagou, salep, arrow-root, etc.

Nous avons également admiré plusieurs riches collections de conserves de fruits et de légumes au vinaigre, au sucre et à l'huile : olives, piments, tomates, oignons, maïs, estragons, etc. Des conserves de poissons : sardines, thon, anchois, langues de morues, aloses, saumons, etc... Venaient ensuite les fruits à l'eau-de-vie et au sucre, tels que : prunes, abricots, pêches, chinois, fraises, framboises et quelques-uns de ces produits végétaux appartenant aux régions du Sud.

Il y avait aussi la section des cafés, très-pauvre, il est vrai; celle des chicorées, relativement plus riche. Nous avons rencontré dans ce groupe M. Chausson, de Paris, M. Langendries, de Saint-Saulve, et M. Ragon, de Marquise.

La confiserie ne méritait pas de fixer l'attention ; nous en excepterons cependant les sucres de pomme de la maison Hauchecorne et de la maison Saussey, toutes deux de Rouen.

Quant aux chocolats, c'était différent.

Bayonne a passé pendant longtemps pour la localité où la fabrication du chocolat avait atteint le plus haut degré de perfection.

Les Espagnols, en fait de matières premières, possèdent les meilleurs cacaos caraques, et cependant l'Espagne ne fabrique pas généralement des chocolats aussi parfaits que les chocolats bayonnais. Nous en excepterons cependant une maison, celle de M. Méric, de Madrid, dont nous avons déjà parlé dans notre revue générale de l'Exposition de Londres, et ceci se comprend. La maison Méric a su adjoindre l'admirable matériel de la France à l'excellente matière première que les colonies espagnoles déversent à profusion dans la péninsule ; il en est résulté pour la consommation un produit qui peut défier tous les produits en général, et ceux de Bayonne en particulier. Nous ajouterons, cependant, que quand les fabricants français peuvent travailler de bonnes qualités, ils arrivent à un égal degré de perfection, perfection qui dépasse de beaucoup les meilleurs chocolats que nous avons goûtés à Bayonne.

Malgré les irréprochables chocolats fabriqués à Paris par MM. Ménier, Péron, Choquart, Hermann, Devinck, Ibled, etc..., malgré les chocolats hors ligne de M. Méric, de Madrid, voici comment s'exprimait, au sujet des chocolats en général, le journal le *Moniteur de l'Exposition de Bayonne*, journal dont la carrière est depuis longtemps terminée :

« Les chocolats parisiens *ne sont pas parfaits;* leur composition hétéroclite, leur couleur noirâtre, leur goût âpre, ne les feront pas apprécier des consommateurs.

« Les chocolats espagnols sont pour la plupart soignés et de bon goût, et les maisons qui les fabriquent sont importantes.

« Bayonne est la patrie du chocolat, elle devait briller à l'Exposition franco-espagnole, et, de l'avis de tous, *elle y occupe le premier rang.* »

Nous laissons à chacun son opinion; on nous permettra cependant de ne pas partager celle-ci, parce que nous la voyons dictée par un esprit de clocher, sentiment qui a dû peser d'un poids considérable dans la balance des appréciations de la dixième classe, ce qui, suivant nous, a fait que la chocolaterie de Bayonne a remporté le premier prix, tandis que la chocolaterie de l'Espagne, représentée par M. Méric, méritait réellement la préférence. Seulement il faut ici remarquer que notre jugement ne dépasse pas le ressort de l'exposition bayonnaise, pour le moment.

Avant de terminer l'examen de la dixième

classe, il nous reste à dire quelques mots des appareils destinés à la préparation et à la conservation des substances alimentaires.

Au point de vue des eaux de Seltz, nous recommanderons spécialement les appareils de MM. Vapaille et Durafort, de Paris, ainsi que ceux de M. Cazaubon, également de Paris. Nous mentionnerons aussi les appareils culinaires de M. Daubreuille, de Paris, les torréfacteurs de M. Grebel, de Denain, les machines à hacher la viande de M. Jules Mareschal, de Paris, et enfin la machine à rouler, couper et piquer la pâte pour la fabrication des biscuits de mer, de M. Deliry, de Soissons, ainsi que son pétrin mécanique, qui a pétri devant le jury 500 kilogrammes de farine à pain en vingt minutes et 125 kilogrammes de farine à biscuit en dix minutes.

L'Académie nationale comptait dans la classe des conserves alimentaires huit exposants :

MM. Chollet, de Paris. Légumes et conserves. — Bolognesi, de Saumur. Liqueurs. — Chausson, de Paris. Chicorées et tapiocas. — Hauchecorne, de Rouen. Spécialité de sucre de pomme. — Ménic, de Madrid. Délicieux chocolat. — Deliry, de Soissons. Fabrication de biscuits de mer, pétrin mécanique. —

VAPAILLE et DURAFORT, de Paris. Appareils et
siphons à eaux gazeuses.

XVII.

ONZIÈME CLASSE.

INDUSTRIE DU BATIMENT.

Cette dernière classe, qui pouvait être si
riche, était, après la huitième, la plus pauvre
de l'exposition. Nous constaterons, cependant,
que les constructions en ciment y dominaient,
car on y comptait en ce genre sept expositions,
qui toutes ont présenté un intérêt plus ou
moins immédiat.

C'est ainsi que nous citerons les belles
pierres artificielles et les solides tuyaux en
ciment de M. Broquedis, de Bayonne, et de
M. Baillaud, de Perpignan, puis les ciments de
MM. Demerle, de Boulogne-sur-Mer, Drouin,
de Pouilly, Michel, de Marseille, Eyheraburru
et Laurencina, d'Urrugne.

Nous signalerons aussi les belles ardoises de
Saint-Pé-de-Bigorre; le beau Christ en croix,
taillé en plein granit par M. Hernot, de Lan-
nion, Côtes-du-Nord; la serre en fer, dite hol-
landaise, de M. Isambert, de Paris; les tuyaux

en papier bitumé de M. Jaloureau, aussi de
Paris ; les fines et artistiques découpures
sur bois de M. Périn, également de Paris;
la belle zinguerie et plomberie ornemen-
tales de M. Sarraille, de Bordeaux; les ornements d'architecture de M. Virebent, de
Toulouse ; les beaux marbres de M. Geruzet,
de Bagnères-de-Bigorre, et enfin les excellentes
briques réfractaires de M. Duprat, de Bordeaux.

L'industrie du bâtiment pouvait être bien
mieux représentée, mais beaucoup d'objets
qui appartenaient évidemment à cette classe
ont été maladroitement disséminés par la
commission dans d'autres groupes et réciproquement. Nous disons *réciproquement,* car
nous ne comprenons pas comment le beau
Christ en croix, taillé en plein granit de Lan-
nion par M. Hernot, a pu être placé dans la
section des matériaux propres à bâtir. Ce sont
à des anomalies si fréquentes dans le catalo
gue bayonnais, que vouloir les signaler toutes
serait, je le répète, une tâche fort difficile.

Nous clôturerons cette revue par la liste
des membres de l'Académie nationale qui ont
reçu des récompenses à Bayonne. En jetant
un regard sur cette liste, on se convaincra une
fois de plus que ces honorables exposants ap-

partiennent réellement à l'élite de l'industrie française ; mais, pour ne pas sortir du plan tracé, nous donnerons, d'abord, la nomenclature des membres de notre société qui figuraient dans la onzième classe.

L'Académie nationale était représentée, dans la classe de l'industrie du bâtiment, par cinq exposants :

MM. VICTOR DUPRAT, de Bordeaux. Briques et produits réfractaires. — JALOUREAU, de Paris. Tuyaux et conduits en papier bitumé, pavage. — PÉRIN, de Paris. Bois découpés. — SARAILLE, de Bordeaux. Zinguerie et plomberie monumentales. — VIREBENT, de Toulouse. Ornementation architecturale.

Récompenses décernées à ceux de MM. les membres de l'Académie nationale qui ont concouru à l'Exposition franco-espagnole de Bayonne [1].

(Ordre alphabétique.)

MM. APPEL. — Lithographie. — Médaille d'argent.
BAUCHET-VERLINDE. — Machine à régler. — Médaille d'argent.

1. Les listes des récompenses ont été publiées avec si peu de soin, que nous prions ceux de MM. les Membres de l'Académie nationale dont les noms seraient bien involontairement omis, de vouloir bien nous adresser une rectification qui paraîtra, en erratum, dans le Journal de la Société.

MM. BERGERET, de Bordeaux. — Pianos. — Médaille d'argent.

BERTRAND. — Pâtes alimentaires. — Diplôme d'honneur.

BOUILLY. — Auge à porcs. — Mention honorable. — Pompe d'arrosage. — Médaille de bronze. — Faneuse. — Médaille de bronze. — Râteau à cheval. — Médaille de bronze. — Houe et batteur. — Médaille de bronze. — Herse. — Mention honorable.

BRISGAULT. — Meules. — Médaille d'argent.

BROQUEDIS. — Médaille d'honneur.

BRUNET. — Semoules. — Diplôme d'honneur.

CALLEBAUT. — Machine à coudre. — Diplôme d'honneur.

CARRIOL-BARON. — Laine filée. — Médaille de vermeil.

CARTIER-BRESSON. — Fils de coton. — Médaille d'argent.

CASENAVE. — Machines à briques. — Médaille d'argent.

CHALOPIN. — Machines à boucher les bouteilles. — Mention honorable.

CHAMBON-LACROISADE. — Appareils de chauffage. — Médaille d'argent.

CHARPENTIER. — Horlogerie. — Diplôme d'honneur.

CHARPENTIER. — Lithographie. — Diplôme d'honneur.

CHAUSSON. — Torréfacteur sphérique. — Médaille de bronze.

MM. CHEVÈNEMENT. — Encre et cirage. — Mention honorable.

CLAMAGERAN. — Cuit-légumes. — Médaille d'argent. — Charrue vigneronne. — Médaille de bronze.

CORNIQUEL. — Cuirs. — Médaille de bronze.

COURTOIS, de Paris. — Cuirs vernis. — Médaille d'or.

CUBAIN. — Cuivres laminés. — Diplôme d'honneur.

DALLE, de Bousbecque. — Lins peignés. — Médaille d'or.

DAMPIERRE (le Mᶦˢ de). — Eau-de-vie d'Armagnac. — Diplôme d'honneur.

DELIRY. — Pétrin mécanique. — Médaille d'argent. — Machine à vapeur. — Médaille de bronze.

DETOUCHE, de Paris. — Horlogerie d'une rare perfection. — Diplôme d'honneur.

DROUX. — Plans de stéarinerie. — Médaille de bronze.

DUPONT. — Vernis métallique. — Mention honorable.

DUPRAT. — Briques réfractaires. — Médaille d'argent.

DURET et BOURGEOIS. — Couleurs. — Médaille d'argent.

ENFER. — Forges et soufflets. — Médaille d'argent.

FAUCONNIER. — Moulin ramasseur. — Médaille de bronze.

• MM. FERGUSON. — Dentelles. — Membre du Jury, hors concours.

FONT. — Couvertures. — Médaille d'argent.

GAILLARD. — Meules. — Médaille de bronze.

GANSER. — Meubles-bambou. — Mention honorable.

GASCOU et ALBRESPY. — Soie grége, soie pour bluterie. — Médaille d'argent.

GAUTROT. — Instruments de musique. Médaille d'or.

GÉRARD, de Vierzon. — Machine à battre. — Médaille d'or.

GILLE. — Porcelaines. — Membre du jury, hors concours.

GILQUIN. — Meules. — Médaille d'argent.

GOBY, de Berbassa. — Arachide et ricin. — Médaille de bronze. — Cotons. — Médaille de bronze. — Boissons apéritives. — Mention honorable.

GREBEL. — Torréfacteur. — Mention honorable.

GUICHENÉ. — Horlogerie. — Médaille d'argent.

HACQUE-HAINSELAIN, d'Ansauvilliers. — Toiles et confections. — Médaille d'argent.

HARDY, d'Alger. — Ensemble de son exposition. — Diplôme d'honneur.

LACROIX. — Métier à tisser. — Médaille de vermeil.

LALLIER. — Faucheuse. — Médaille de vermeil.

LARTIGUE. — Engrais. — Médaille d'argent.

LAURENT et CATHELAZ. — Extrait de goudron de houille. — Médaille d'or.

MM. LEPERDRIEL. — Produits pharmaceutiques. —
Médaille d'or.

LEROUX. — Chromolithographie. — Médaille
d'argent.

LETU et MAUGER. — Porcelaine. — Médaille
de bronze.

LOTZ. — Moissonneuse. — Mention honorable.
— Locomobile. — Médaille d'or.

MAGE. — Toile métallique. — Mention honorable.

MARESCHAL-GIRARD. — Coutellerie. — Médaille
de bronze.

MAYOUX et HONORÉ. — Impressions en chromolithographie. — Médaille de bronze.

MERIC, de Madrid. — Chocolat. — Médaille
de vermeil.

MONESTROL (de). — Porcelaines. — Membre
du jury, hors concours.

MOULIN, de Paris. — Chromolithographie. —
Médaille d'argent.

MOUSSARD. — Voitures. — Médaille de vermeil.

PÉRIN. — Bois découpé. — Mention honorable.

PERNOLLET. — Trieur. — Médaille d'argent.

PETIT-JEAN, de Paris. — Coffres-forts. — Médaille d'argent.

PICKMANN, de Séville. — Porcelaine. — Médaille d'argent.

PINET, d'Abilly. — Ensemble de son exposition. — Grande médaille de la Chambre
de commerce. — Batteuse à manége. — Mé-

daille d'argent. — Moulin de ferme.. — Médaille de bronze. — Élévateur, irrigateur. — Médaille d'or.

MM. Pouchain. — Fils et toiles de lin. — Médaille de vermeil.

Proyart. — Blés et lins en gerbes. — Médaille de bronze.

Renaud. — Concasseur. — Médaille de bronze.
      — Faucheuse. — Mention honorable.
      — Locomobile. — Médaille d'or.

Réquillart, Roussel et Chocqueel. — Tapisseries. — Médaille de vermeil.

Robillard. — Semoir. — Médaille d'argent.

Rogeat. — Fourneaux. — Médaille de bronze.

Roger. — Meules. — Médaille d'argent.

Sanis. — Plans de cartes. — Diplôme d'honneur.

Sargent. — Voitures. — Médaille de bronze.

Sicard. — Meubles. — Mention honorable.

Sigaut. — Biscuits et pains d'épices. — Médaille de bronze.

Staub. — Pianos. — Médaillé de bronze.

Steinbach. — Amidonnerie. — Médaille de bronze.

Tajan, de Bayonne. — Baratte. — Mention honorable. — Cribleur et ventilateur. — Médaille d'argent.

Toselli. — Machine à glace. — Médaille de bronze.

Trouillet. — Numérateur mécanique. — Diplôme d'honneur.

MM. VAPAILLE et DURAFORT. — Appareils à eaux
de Seltz. — Médaille d'argent.

VAYSON. — Tapissières. — Membre du Jury,
hors concours.

VERDIÉ, de Firminy. — Aciers et ressorts.

VERNET. — Soies. — Médaille de vermeil.

VIREBENT. — Ornements d'architecture. —
Médaille d'or.

RÉSUMÉ.

L'Académie nationale agricole manufacturière et commerciale, au point de vue de laquelle j'ai principalement écrit ce travail,
comptait dans le jury neuf de ses membres.

	Récompenses.
Jurés, hors concours.	9
Grande médaille de la Chambre de commerce de Bayonne.	1
Diplômes d'honneur.	11
Médailles d'or	11
Médailles de vermeil.	8
Médailles d'argent.	26
Médailles de bronze.	27
Mentions honorables.	11
Total.	107

Ainsi donc, en dépit des circonstances dont

nous avons parlé et des imperfections de l'exposition Bayonnaise, ceux de MM. les membres de l'Académie nationale qui ont répondu
à nos pressants appels, en envoyant leurs produits à Bayonne, ont obtenu 107 récompenses !

Ce succès répond à tout.

Et maintenant, pour en revenir à ce que
nous disions au commencement de cette revue, que n'a-t-on, dès le premier moment,
inspiré une direction plus logique et plus vi-
goureuse à l'exposition de Bayonne !

Si M. Tresca, envoyé par le ministère de
l'agriculture et du commerce, pour présider
la distribution des récompenses, et dont nous
avons eu l'honneur de serrer la main à la gare
même de Bayonne, lui arrivant de Paris, et
moi revenant d'Espagne ; si M. Tresca, dis-je,
avait été appelé dans les premiers jours au
lieu de n'apparaître officiellement que le dernier, comme les choses eussent changé de
face !

La présence de l'honorable sous-directeur
du Conservatoire des arts et métiers de Paris,
à la distribution des médailles de Bayonne,
n'en est pas moins un fait très-significatif :
cela veut dire que S. Exc. M. Béhic, ministre
de l'agriculture, avait les yeux fixés sur
Bayonne et qu'il eût parfaitement accordé, dès

le commencement, si on le lui eût demandé,
ce qu'il n'a donné qu'à la fin.

Maintenant, puisque je me suis cru obligé
d'aller chercher en Espagne ce que je ne
trouvais pas à Bayonne, mes lecteurs ne seront peut-être pas fâchés de savoir le chemin
que j'ai pris. — Je vais donc essayer de leur
donner une idée des voies de fer espagnoles, en commençant par le NORD.

CHEMINS DE FER ESPAGNOLS.

Ceux qui liront cette étude rapide sur l'exposition Bayonnaise me sauront gré, je l'espère, de leur laisser ici un aperçu, un spe-
cimen des derniers travaux que nos ingénieurs
ont accompli en Espagne.

Mais d'abord qu'il me soit permis, en passant, d'exprimer à l'honorable M. Flachat, dont
le nom, si justement estimé, se trouve dans
tous les Conseils des grandes compagnies qui
ont entrepris, en France et à l'étranger,
l'œuvre colossale des chemins de fer, toute
ma reconnaissance pour l'empressement qu'il
a bien voulu mettre à me faire obtenir l'autorisation de parcourir, librement, le chemin

9.

du nord de l'Espagne. — Cette faveur a puissamment secondé ma mission, et avant d'entraîner mon lecteur dans ce grandiose itinéraire, je suis heureux d'offrir aussi mes vifs remercîments à la compagnie d'Orléans, à la compagnie du Midi et à la compagnie *del Norte* pour leur bienveillance à mon égard.

Nous l'avons dit plusieurs fois dans le cours de ce travail : au XIXᵉ siècle, les voies ferrées sont réellement l'élément civilisateur par excellence ; elles sont le trait d'union le plus vivace qui puisse relier dans une communion universelle les intérêts matériels de tous les peuples du monde.

Plus qu'aucun autre pays, l'Espagne avait besoin de ce principe régénérateur, afin d'aider cette fraction déshéritée de la race latine à reconquérir la place qui lui est due au rang des nations.

Il nous paraît intéressant, nous le répétons encore, de faire suivre ici à nos lecteurs les méandres parcourus par le chemin de fer du nord de l'Espagne, de leur faire suivre cette voie nouvelle qui depuis quelques mois met en communication directe la capitale de la France avec celle de la Péninsule ibérique.

Il n'y a plus de Pyrénées, avait-on dit en

1660, lors du mariage de Louis XIV avec Marie-Thérèse d'Espagne. On a encore répété à satiété cette vieille phrase lors de l'inauguration du chemin de fer. Les autorités des deux pays en ont fait, sur un ton aigre-doux, le thème de tous leurs discours officiels. Selon nous, les Pyrénées existent toujours. On les franchit, il est vrai, avec une rapidité comparable au vol de l'aigle, mais les Pyrénées, comme le Rhin, comme la Manche, subsisteront aussi longtemps qu'il n'y aura pas entre nos voisins du Nord, du Sud, de l'Est, une fusion fraternelle des nationalités respectives. Or, qui oserait assigner une date précise à cette alliance? Quelle est l'heureuse génération qui pourra s'écrier avec le poëte :

> J'ai vu la paix descendre sur la terre
> Semant de l'or, des fleurs et des épis!...
> . . . .

En attendant l'avénement de cette grande transformation humanitaire, faisons l'inventaire de l'élément qui nous paraît être le point de départ du progrès social et matériel des générations à venir. — Ce progrès, nous venons de le dire, repose, à l'heure qu'il est, sur les voies ferrées et la télégraphie électrique, et, par contre, sur la multiplicité des contacts et des relations.

Le chemin de fer *del Norte* part d'Irun, première ville frontière espagnole, qu'on rencontre aussitôt après avoir franchi la Bidassoa, et se dirige sur Madrid en traversant la Biscaye et la Castille.

Mais de Bayonne à Irun, il y a plusieurs stations; et quoique ces stations soient françaises, il est très-important de les suivre toutes, afin de donner une juste idée de cette ligne franco-espagnole.

En partant de Bayonne on traverse l'Adour; on laisse sur la gauche le village de Mousseroles, et l'on se dirige à toute vapeur sur Biarritz.

La station de Biarritz est loin de Biarritz : — deux kilomètres environ. — Le chemin de fer passe au lieu dit : *la Négresse,* et se dirige ensuite sur Guethary, joli village rehaussé par l'aspect sombre de la mer qui lui sert d'horizon. Les habitants de cette localité sont tous marins et se livrent à la pêche du thon et de la sardine. De Guethary, le convoi nous emporte vers Saint-Jean-de-Luz.

Cette ville est remarquable par sa position : au sud-ouest, au sud et au sud-est elle est bornée par les Pyrénées; au nord-est, au

nord et au nord-ouest, par l'Océan. C'est à
Saint-Jean-de-Luz qu'eut lieu le mariage de
Louis XIV et de l'infante d'Espagne, le 3
juin 1660.

Après Saint-Jean-de-Luz on rencontre Urrugne,

... Nom rauque dont le son à la rime répugne...

et dont le cadran de l'église porte comme
inscription ces quatre mots latins : *Vulnerant
omnes, ultima necat,* dont Théophile Gautier
a fait un si beau vers français.

Quatre mots solennels, quatre mots de latin,
Où tout homme en passant peut lire son destin :
Chaque heure fait sa plaie et la dernière achève!

D'Urrugne on arrive à Hendaye, village justement célèbre par les eaux-de-vie qui s'y fabriquent.

Nous voici à la frontière dont la ligne de
démarcation est la Bidassoa.

La Bidassoa est un fleuve de troisième
ordre, qui prend naissance en Espagne et qui
n'atteint la France que vers le mont *Chou-
hille.* De là à l'Océan, c'est notre ligne frontière.

C'est au milieu de la Bidassoa que se trouve

l'île des Faisans, où se rencontrèrent le cardi
nal Mazarin et don Luis de Haro, pour régler
le mariage de Louis XIV avec Marie-Thérèse,
et où, précédemment, eurent lieu les confé-
rences diplomatiques de Louis XI avec le roi
de Castille.

Après avoir franchi la Bidassoa on arrive à
Irun, qui, si ce n'est son église, n'offre absolument rien de remarquable. A quelques pas
d'Irun on aperçoit Fontarabie, dont l'unique
rue a conservé tout le caractère des vieilles
cités espagnoles. Nous rappellerons en outre
que ce fut à Fontarabie qu'en 1526 François Ier, prisonnier de Charles-Quint, fut
échangé contre ses fils.

Nous sommes en Espagne et ici commence
le chemin de fer *del Norte*. Mais jusqu'à Saint-
Sébastien la voie n'offre aucune particularité
remarquable ; elle parcourt le fond des gorges
à niveau et les travaux d'art sont presque
nuls.

Avant d'arriver à Saint-Sébastien on traverse
Renteria en laissant sur la droite *les Passages*,
l'un des ports les plus sûrs de la côte de
Biscaye et où Lafayette s'embarqua pour
l'Amérique.

Saint-Sébastien est à 57 kilomètres de
Bayonne. C'est une ville neuve qui a été entiè-

rement reconstruite depuis 1813. Les deux
églises sont intéressantes à visiter, et la cita-
delle, élevée sur des rochers abrupts, nous a
paru le monument le plus remarquable de
cette petite ville maritime.

À partir de Saint-Sébastien, la voie ferrée
quitte le littoral océanique, oblique à gauche
et s'enfonce dans les terres en traversant la
vallée de Sumea et d'Oria, en laissant sur son
parcours le village d'Hernani, lieu de naissance du soldat Jean Urbieta, qui fit François
1er prisonnier à Pavie; Azpeitia, où se trouve le
couvent de Loyola, fondateur de l'ordre des
Jésuites; Andaïn, qui possède une des plus
belles églises de la contrée; Villabona, bour-
gade située sur une hauteur et dominée par
une église qui rappelle au point de vue architectural celle de Renteria; Tolosa et son mo-
nastère de Franciscains, fondé en 1587 par
Pedro Mendizoroz, natif d'Ibera, ainsi que sa
cathédrale dont les dimensions, les voûtes et
les piliers sont identiquement copiés sur ceux
de Renteria; puis on arrive à Beazaïn, station
placée à la base des Pyrénées, et dernière
étape du pays plat.

Nous disons *du pays plat,* par rapport au
terrain parcouru par le chemin de fer; car,
à partir de Saint-Sébastien, le pays prend un

aspect sauvage, les villas deviennent de plus
en plus rares, les roches s'élancent plus pér-
pendiculairement vers le ciel, les ruisseaux
descendent en cascades torrentielles, l'horizon se rembrunit de pics montagneux plus ou
moins aigus. On sent que les convulsions de
la nature ont laissé des traces indélébiles sur
toutes ces terres et que ces traces de cataclysmes ne sont que le prélude de cataclysmes plus grands encore.

De Beazaïn, c'est-à-dire du point septen-
trional des Pyrénées jusqu'à Olozagoïtia, point
méridional opposé de cette immense chaîne
de montagnes, il y a en ligne droite vingt kilomètres. Mais par le fait des difficultés d'ascension, on a été forcé, pour mettre en communication ces deux points extrêmes, de faire
parcourir à la voie 44 kilomètres. Jusqu'à
Otzaurte, point culminant de l'ascension,
dont l'altitude est de 600 mètres au-dessus du
niveau de la mer, le convoi gravit une pente
continuelle de quinze millimètres par mètre.
Il côtoie tout d'abord le flanc droit de la
vallée de l'Oria, en franchissant par de fré-
quents tunnels les contre-forts de la montagne,
puis il quitte la vallée de l'Oria, pour entrer
dans celle de l'Urola, où, pendant plus de
16 kilomètres, il glisse vertigineusement, à

l'aide de tunnels, de remblais et de viaducs, au
milieu de la nature la plus accidentée et la
plus pittoresque qui se puisse imaginer ; il
rentre ensuite dans la vallée de l'Oria en en
suivant alors le flanc gauche et en traversant
sur un parcours de 7 kilomètres onze tunnels, dont les solutions de continuité vous
permettent de comprendre les immenses difficultés qui se sont présentées dans l'exécution
de ce travail de Titans.

De Otzaurte on arrive à Olozagoïtia, et de
ce dernier point à Vitoria, grande ville, remarquable par ses palais et ses églises catho-
liques ; on passe à Miranda, puis sur un
immense viaduc on franchit l'Ebre ; on traverse ensuite le tunnel de Pancorbo, et la
locomotive passe rapidement devant Bri-
viesia, Quintanapalla, dont l'église vit le
mariage de Charles II, puis enfin on arrive à
Burgos.

Burgos, la patrie du Cid, de ce personnage
légendaire dont le souvenir a laissé de si pro-
fondes racines dans l'esprit espagnol ; Burgos,
l'ancienne capitale de la Castille, avant que
Madrid n'ait été proclamée la reine des Espagnes ; Burgos et sa cathédrale toute dente-
lée de sculptures, qui passe à juste titre pour
une des plus belles de la Péninsule.

En quittant Burgos, on entre dans un riche pays, arrosé par l'Hormaza et l'Arleuzon. Les paysages se multiplient, de gracieuses maisons de campagne les animent, et vous arrivez ainsi à Quintanelleja, à Estapar, à Torquemada, à Duenas, à Cabezon et enfin à Valladolid, que Philippe II abandonna pour transporter sa cour à Madrid.

C'est à Philippe II que Valladolid doit sa réédification. C'est ce roi qui fit construire la cathédrale, l'église de la Cruz et la plaza Mayor. Valladolid possède aussi un musée dans lequel on rencontre quelques chefs-d'œuvre. Enfin, cette ville revendique la gloire d'avoir vu naître Philippe II et d'avoir vu mourir Christophe Colomb.

De Valladolid le convoi se dirige sur Avila, première ville de la région du Guadarrama ; Avila et ses murailles fortifiées, Avila et son église du xiie siècle, Avila qui a vu naître sainte Thérèse.

En quittant Avila on pénètre dans un pays abrupt, sauvage et aride, un pays déshérité, qui ressemble plutôt à l'image que nous nous faisons du chaos qu'à une contrée habitée par des êtres humains. En voyant ces amoncellements de roches, ces granits superposés, ces arbres rabougris, cette absence de végé-

tation, nous nous sommes rappelé le texte
du livre saint :

« La terre était informe et toute nue, les
ténèbres couvraient la face de l'abime et l'esprit de Dieu était porté sur les eaux.

« Dieu dit encore : Que la terre produise
de l'herbe verte qui porte de la graine, et des
arbres fruitiers qui portent du fruit, chacun
son espèce, et qui renferment leur semence en
eux-mêmes pour se reproduire sur la terre ;
et cela se fit ainsi. »

Cela se fit ainsi à peu près partout, excepté
dans l'épouvantable région du Guadarrama.

Pour traverser cette région et arriver jusqu'à l'Escurial, le convoi franchit les débris
des grands cataclysmes antédiluviens qui ont
remué le sol, il parcourt des tunnels creusés
dans le granit, il court sur les contre-forts des
pics aigus, il traverse, sur de hardis remblais
et d'immenses viaducs, des vallons, des préci-
pices et toutes les irrégularités d'un sol boul-
eversé.

Mais nous voici à l'Escurial, le *palais-caserne-
couvent* de Philippe II ; l'Escurial avec ses
riches reliques, ses chefs-d'œuvre de peinture et sa bibliothèque inutile. Quand donc les
peuples, réunis dans une sainte alliance, pro-
clameront-ils l'ère de l'oubli des nationalités

pour accepter sans arrière-pensée l'ère de la
fraternité? Alors seulement nous pourrons
consulter les livres de l'Escurial et arracher
quelques précieux monuments historiques et
littéraires à la poussière de cette nécropole
de l'esprit humain.

De l'Escurial à Madrid il faut, en chemin de
fer, une heure, mais une heure à travers un
désert, malgré les stations de Villalba, de Tor-
reladones, de la Rosas et de Puzuelo, puis on
arrive à Madrid.

Nous avons esquissé à grands traits les pé-
ripéties de la route ferrée qui conduit de
France à Madrid; il nous reste à faire connaître les difficultés et les différents travaux
qui ont été entrepris pour que cette magnifique voie ait pu être livrée à la circulation
en dix-huit mois.

L'honneur, il faut le dire, en revient à la
France, cette chère initiatrice bien-aimée du
progrès, non-seulement sous le rapport de
l'œuvre matérielle, mais aussi au point de
vue de l'œuvre de la science.

C'est ainsi que le directeur délégué de la
Compagnie, qui a dirigé, de Paris, avec une
si merveilleuse intelligence et une volonté si
ferme, l'ensemble et l'exécution des travaux,
et qui a présidé à la construction du matériel

fixe et roulant, est M. Le Chatelier, ingénieur en chef des mines, avec M. Noblemaire, ingénieur des mines, comme directeur adjoint;

Que la partie comprise entre Irun et Avila a été confiée à M. Letourneur, ingénieur des ponts et chaussées et ingénieur en chef; à MM. Lanteirès, Desorgême, Durand, Denesse et Galland, tous ingénieurs des ponts et chaussées, et à M. Ladame, ingénieur civil;

Que la partie comprise entre Avila et Madrid a été confiée à M. Lesguiller, ingénieur des ponts et chaussées et ingénieur en chef, et à M. Guilloux, ingénieur des ponts et chaussées et ingénieur ordinaire;

Enfin, que les travaux de la traversée des Pyrénées ont eu pour entrepreneur général la maison Gouin, de Paris, ayant pour ingénieurs résidents MM. Lemaire, Fouquier et Bertrand, ingénieurs civils.

Chaque tunnel pyrénéen ne devrait-il pas s'appeler de ces noms?

La reconnaissance espagnole saura-t-elle récompenser comme ils méritent de l'être ces nobles et illustres apôtres du travail et de la science?

Si maintenant du personnel des conducteurs

des travaux nous passons au personnel des travailleurs, nous constaterons :

Qu'en dix-huit mois, l'entreprise a occupé :

> 3,000 mineurs.
> 1,000 maçons.
> 600 charretiers.
> 1,000 carriers.
> 6,000 terrassiers.
> 400 forgerons.
> _____
>
> Total. 12,000 ouvriers.

Elle a en outre employé 600 mules et 500 paires de bœufs.

Quant aux matériaux, voici, d'après une note que nous avons sous les yeux, les différents éléments qui ont servi à l'accomplissement de ce travail cyclopéen :

> 12,000 tonnes de houille.
> 12,000 mètres cubes de bois venant de France.
> 2,000 tonnes de fer pour les viaducs.
> 1,000 tonnes de fer pour les outils.
> 20,000 pelles et pioches.
> 460,000 planches.
> 3,000 brouettes.
> 300,000 kilogrammes de poudre de mine,

3,000 kilomètres de mèches pour allumer les mines.

Ces chiffres, déjà produits par M. H. Lavoix dans une intéressante revue qu'a publiée tout récemment le journal l'*Illustration*, ne sauraient être contestés;

Ils nous conduisent à dire que l'industrie moderne a laissé bien loin derrière elle la construction des Pyramides d'Égypte, le creusement du lac Mœris et les grandes voies romaines qui sillonnaient le monde connu des anciens.

Mais nous voici bien loin de l'Exposition de Bayonne!

Il faut cependant en finir.

« En se préoccupant en première ligne des intérêts de la France, a dit M. Cenac-Moncaut dans un excellent livre sur les richesses des Pyrénées, le gouvernement de l'Empereur n'a pas oublié ceux de l'Espagne. Napoléon III, qui s'inspire toujours du génie de notre nation, sait qu'une entreprise n'est réellement populaire parmi nous qu'à la condition de réunir la générosité envers ses voisins à l'utilité envers soi-même. — Sur tous les points où l'humanité a un bienfait à recevoir, une injustice à réparer, la France s'y précipite d'un trait et

l'Empereur l'y conduit. C'est de la France, sa
plus proche et sa plus dévouée voisine, que
l'Espagne a déjà reçu une vive impulsion industrielle et commerciale; c'est de la France
qu'elle attend de nouveaux éléments de civilisation. Des milliers de nos compatriotes sont
établis comme fabricants, comme ouvriers
d'art, au sein des villes de la Catalogne, de
l'Aragon, de la Navarre. Dans ces dernières
années, presque tous les vins exportés sont
passés par les mains des négociants du Languedoc et de Bordeaux. L'intelligence de nos
ingénieurs, les capitaux de nos maisons de
banque, ne viennent-ils pas d'exécuter plusieurs des grandes lignes ferrées de la Péninsule? L'Espagne a donc reçu de nous plus d'un
bienfait; elle en attend de plus grands encore.
Une des gloires les plus solides, les plus du-
rables du premier Empire, fut le percement
des magnifiques voies du Mont-Cenis et du
Simplon. L'ouverture des Pyrénées Centrales
gravera le nom de Napoléon III dans le cœur
des Espagnols enthousiastes, comme les routes
des Alpes ont placé le nom du chef de sa race
dans la mémoire des Italiens reconnaissants.

« Que chacun de nous, publiciste, industriel,
commerçant, apporte dans son cercle d'action
sa part d'encouragement, de réparation, à un

peuple comme nous catholique, comme nous
ami de la gloire et du progrès ; allons effacer
par nos bienfaits, dans ces contrées, les tristes
souvenirs des siéges de Gironnes et de Saragosse. — Que leurs habitants obtiennent par
de bonnes routes un accès facile dans notre
belle France, si avancée dans toutes les
branches de la prospérité : l'Espagne y trou-
vera d'immenses avantages ; nous y trouverons
profit et *honneur ;* et n'oublions jamais qu'une
entreprise française ne saurait être réellement
nationale qu'à la condition d'inscrire ce dernier mot au frontispice de son programme. »

Mais maintenant c'est au peuple de Madrid
que je m'adresse.

Il y a, enfants des Espagnes, dans votre
splendide musée de Madrid, quelques horri-
bles toiles qu'il faut sacrifier à l'esprit de rapprochement qui tend à se développer entre
vous et nous.

Brûlez donc ces ignobles élucubrations de
la haine ! Ce n'est pas assez d'avoir enlevé déjà
les numéros qui doivent correspondre au catalogue de votre musée, unique au monde, il
faut faire don de ces toiles aux Chinois, qu
raffolent des images monstrueuses et dégoû-
tantes. — Chassez de ce grand salon ces mi-

10

formes de galériens dont le peintre a gratifié
le soldat français, ces cadavres accumulés, ce
sang qui coule!

Faites ce noble sacrifice à la fraternité des
nations!

Et que la colonne du *Doz de Mayo*, si fâcheusement placée sur le Prado, cesse d'être un
monument de haine et de sanglant souvenir.
— Que le peuple de Madrid, en portant là ses
couronnes, cesse d'évoquer les sanglants fan-
tômes des victimes de cette terrible journée!

En un mot, si nous faisons trois pas vers
vous, faites-en deux au moins vers nous!

Vous avez encore écouté une mauvaise idée
dans la construction de vos chemins de fer
dont vous avez si puérilement changé la voie.
— Quelques centimètres ajoutés à la largeur
de la voie espagnole suffiront, avez-vous pensé,
pour arrêter les wagons français! Hélas, nous
ne nous arrêtons pas devant si peu de chose!
Mais enfin cette disposition suffira pour créer
des retards et des tracasseries aux voyageurs.
Cette précaution n'a été prise nulle part, car,
je le répète, elle ne résiste pas à la réflexion.
— La France, l'Italie, la Belgique, la Hollande,
la Prusse, l'Autriche, toute l'Allemagne enfin
et la Russie même ont adopté la même voie...
L'Espagne seule, en songeant aux invasions

passées, a voulu se ménager un temps d'arrêt.
— Cet acte de défiance nous a fâcheusement
impressionné. Le temps en fera justice.

Ce qui nous a le plus péniblement affecté,
chers voisins d'Espagne, c'est la perspective de
l'abîme où va s'engloutir votre crédit. Commer-
cialement parlant, vous courez à une immense
ruine ! Qui vous arrêtera sur cette pente fu-
neste?...

Nous tâcherons, si vous voulez bien
nous écouter, de vous donner quelques bons
conseils dans une prochaine étude, que vous
trouverez en feuilletant les pages du journal
de l'Académie nationale.

Deux mots encore pour nous résumer.
Nous comptions énormément sur l'exposition
de Bayonne pour établir une statistique agricole et industrielle de l'Espagne.

Cette étude eût atteint les proportions d'un
immense service rendu au commerce des
deux nations.

Mais, d'une part, les industriels espagnols
ont fait défaut,

Et de l'autre, l'organisation de l'exposition
Bayonnaise a laissé trop à désirer.

Est-ce à dire que ce rapprochement ne por-
tera pas ses fruits ? est-ce à dire que les efforts

de la ville de Bayonne seront frappés de stérilité ?

Bien loin de là.

On eût pu, certainement, beaucoup mieux
s'entendre de part et d'autre, mais le mouvement qui s'est produit aura ses conséquences
fécondes.

Bayonne reprendra un jour, je l'espère, la
partie qu'elle vient de jouer; elle s'assurera
un peu plus sérieusement de la valeur de ses
cartes, et cette partie, elle la gagnera sans
se gêner, aux applaudissements de la France
entière.

Nous avons mis à profit notre séjour à
Bayonne pour étudier, dans toutes ses conditions économiques, cette riche et industrieuse
cité, et si nous avons témoigné un peu de mauvaise humeur à propos de l'exposition, cela
ne concerne en rien la ville, et nous n'en pu-
blierons pas moins bientôt une statistique
assez complète qui prouvera aux Bayonnais
combien nous rendons justice à leurs efforts, et
combien aussi nous savons apprécier la forte
position que Bayonne occupe sur la frontière
espagnole.

Le chemin de fer *del Norte* est une bonne
fortune pour Bayonne; et Bayonne a tout ce
qu'il faut pour profiter largement de cet in-

faillible élément de succès ;—seulement, qu'il nous soit permis d'émettre un vœu : qu'elle ne devienne pas par trop espagnole et qu'elle reste française par l'esprit, par les mœurs et par le patriotisme !

—◦;◦;◦◦—

TABLE DES MATIÈRES.

PARIS. — J. CLAYE, IMPRIMEUR, RUE SAINT-BENOIT, 7

IMPRIMERIE J. CLAYE

PARIS

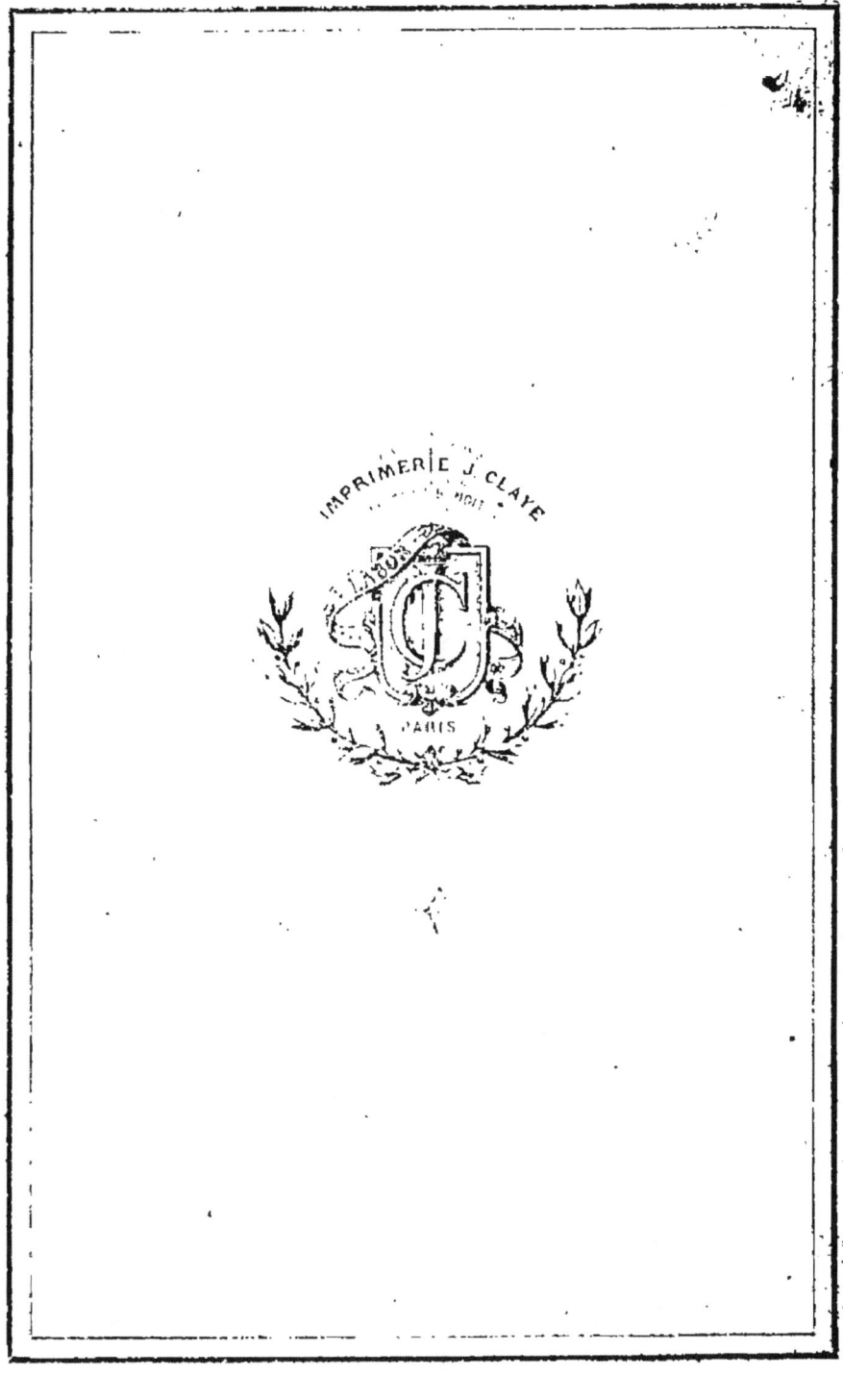

www.ingramcontent.com/pod-product-compliance
Lightning Source LLC
Chambersburg PA
CBHW070903030726
47504CB00005B/1439